[著] 岸本和葉

[イラスト] Bcoca

この青春にはウラがある！

KONO SEISHUN NIWA URA GA ARU!

PRESENTED
KAZUHA KIS
and Bcoca

[VOLUME] ONE

・科学部 盗難事件
・祝！園芸部 全国優勝!!
一ノ瀬ひより
[いちのせひより]
幼馴染の体育会系会計。
双葉椿姫
[ふたば つばき]
書記の後輩ちゃん。

SCENE
鳳明高校生徒会
八重樫 唯
[やえがし ゆい]
皆が憧れる生徒会長。
紫藤アリス
[しどうありす]
頼れる副会長。

「……あれ、花城くん？」
榛七ルミ
［はるなるみ］
クラスのアイドル的存在。

——ねえ、夏彦。
あんたは、生徒会のことどう思う？

「おお！来てくれたのか！」
SCENE 資料室

「会長、なぜ下着姿に……？」

KONO SEISHUN NIWA URA GA ARU!

[VOLUME] ONE

CONTENTS

PRESENTED by KAZUHA KISHIMOTO and Bcoca

第一章　屋上で鉢合わせる女性には大抵何かある

それは馬鹿みたいに暑いとある初夏のこと。

その日の放課後、俺は蒸し暑い教室での長い授業で頭がおかしくなり、なんとなく学校の屋上を訪れていた。

今思えば、少しでも暑さから逃れるべく屋上に吹く爽やかな空気を求めていたのかもしれない。

どう考えても早く帰ってクーラーの効いた部屋で休んだ方がよさそうなものだが——。

ともあれ、その日の俺はあまり賢くない選択肢を選んでしまったわけである。

「——おや？」

ひらけた屋上が与えるそれなりの解放感に浸っていた俺は、一瞬先客がいることに気づけなかった。

少しの間を置いて〝彼女〟と目を合わせた俺は、その姿に息を呑(の)むことになる。

わずかに青みがかった美しい黒髪に、彫刻のように整っている綺麗(きれい)な顔立ち。

胸の大きさは決して大き過ぎず、かといって小さいわけでもなく。

スカートから伸びる足は余計な肉など一切ついておらず、すらりとしている。

一目で住む世界が違うと確信した。

そんな彼女の名は、〝八重樫唯〟。

この学校の三年生であり、誰からも慕われている生徒会長だ。

生徒である限り、彼女の存在を知らない者はいない。

「君も涼みに来たのか？」

「え？」

突然八重樫先輩に声をかけられた俺は、思わず固まった。

まさか先輩の方から声をかけてくるなんて想像もしていなかったのだ。

固まった俺を見て、八重樫先輩が首を傾げる。

ああ、まずい。

せっかく八重樫先輩が声をかけてくれたというのに、このままでは無視するような形になってしまう。

「は、はい……そんな感じです」

「やはりそうか。しかし残念だったな。ここは思ったよりも涼しい場所じゃない」

「……確かに」

緊張で意識が逸れていたが、屋上――というより外の熱気は、室内のジメジメした暑さとはまた違った熱を感じさせる。

しかもここは屋上。

日差しを遮ってくれる物なんて存在しないため、かえって辛いものがあった。

「八重樫先輩も涼みに来たんですか？」

「む、私の名前を知っているのか」

「そりゃ知ってますよ。あなたはこの学校の生徒会長なんですから」

「確かに私はこの学校の生徒会長だが……ふふっ、改めて言われると少し照れてしまうな」

八重樫先輩が頬を赤らめる。

なんだこの可愛い生物は。

お堅い生徒会長のイメージとの大きなギャップにより、胸が強制的にキュンキュンさせられる。

「ああ、私も涼みに来たのだが、甚だ見当違いだったらしい。この後生徒会の集まりがあるのだが、その前に少しでも汗を乾かしておきたかったんだ」

「そうだったんですね」

「まあ、乾かすどころかむしろ汗ばんでしまう始末だが……ふふふ」

汗ばんでいる八重樫先輩。

その言葉の羅列が頭に浮かんだ瞬間、俺は横目で彼女の全体像を捉えることに成功した。

時間にしてわずか〇・一秒。

瞬きよりも少ない時間で、俺はその姿を脳裏に焼きつけようと試みる。

（おっと……いけないいけない）

俺は紳士だ。

仮にここで八重樫先輩のインナーが透けてしまっていたとしても、目を逸らすのが男としての正義――――。

ちなみに全然透けてなかったです。残念。

「どうかしたか？」

「いえ、なんでもありません」

「そうか……」

俺は八重樫先輩に対して笑顔を向ける。

残念そうな様子を見せるというのは二流のやること。

一流の紳士である俺は常に平静を保つことが可能なのだ。

「君は……確か二年生の花城だったかな？」

「え？」

「むっ、すまない、間違えてしまったか」

「い、いえ……合ってるんですけど……別に俺たちなんの接点もないですよね？　それなのに名前を覚えてるんですか？」

「ああ。私は仮にも生徒会長だからな。全校生徒の名前くらい覚えているさ」

そんなこと本気で覚えようとする人いるんだ――。

まるで誇った様子もなく淡々と告げてきた先輩は、俺の目にはやっぱり異質に映った。

うちの学校の生徒数は、全体で千人に及ぶ。

それだけの数いる生徒の名前を覚えるなんて、とてつもない労力だ。

生徒会長になるためにはそれくらいできなきゃいけないのだろうか？　……いや、そんなわけがない。

正直に言おう。

俺は今、八重樫唯という名の超人を前にしてビビっていた。

そもそも全校生徒の名前を覚えておくなんて芸当、普通の範疇に収まる人間ならやろうとすら思わない。

すさまじいオーラを感じるというか、生きている世界が違うというか。

多少なりともおチャラけたことが恥ずかしくなるような感覚。

そこから来る羞恥心が、俺を苦しめる。

「……っと、そろそろ行かねば」

何かの通知がスマホに届いたことで、八重樫先輩はそんな風に言葉を告げた。

これから生徒会で集まると言っていたし、それの連絡だろう。

「ありがとう、花城夏彦。おかげで少し気が紛れた」

「お役に立てたのであれば何よりです」

笑みを浮かべてそう返せば、八重樫先輩も笑みを返してくれた。

そして俺の横を通り過ぎた八重樫先輩は、校舎へと戻るための扉の前で振り返る。

「花城夏彦、君からは少し面白そうな匂いがする。今度生徒会室に遊びに来るといい。メンバー揃って歓迎しよう」

「あ、ありがとうございま――――」

俺がお礼を告げようとしたその瞬間。

この屋上に、一陣の爽やかな風が吹き抜けた。

汗で少し湿った体を回復させてくれるような、心地のいい風。

しかしその風は、目を疑うような光景を作り上げた。

「……え？」

思わず間抜けな声が漏れる。

爽やかな風はイタズラな風へと変わり、なんと八重樫先輩のスカートをめくり上げてしまったのだ。

驚異的な引力によって、俺の目は八重樫先輩のめくれ上がった部分に視線を取られる。

これに関してはもはや俺の性のようなものだ。本当に許してほしい。

ただ俺は、そこで一生で一度も経験したことがないような驚愕を覚えることになる。

常識的に考えれば、そこに必ず存在するはずの物。

もはやなくてはならないはずの物が、確認できない。

そんな事実を前にした俺をよそに、八重樫先輩は何も気にしていない様子で校舎へと戻っていく。

一人になった俺は、空を見上げて呟いた。

八重樫先輩――パンツ穿いてなくね？

［著］岸本和葉

［イラスト］Bcoca

私立鳳明（ほうめい）高校。それが俺の通う学校の名前。

生徒数はひと学年で三百人を超え、全体では千人に迫る。

この学校のことを一言で表すのであれば、生粋の〝進学校〟。

難関大学への合格率は都内でもトップクラスであり、その特徴目当てで進学を目的とする多くの学生が集っている。

自分で言うのもなんだが、この学校の偏差値は中々のものだ。

俺が合格したというのも、ある意味奇跡に近い。

そんな化物偏差値どもが通う鳳明（ほうめい）高校の生徒会長こそ、あの八重樫唯（やえがしゆい）である。

この学校で生徒会長を任されているというだけで、多くの大学、就職で相当なアドバンテージを得ることができるらしい。

要はそれだけ優秀でなければ、この学校で生徒会長なんて務まらないということ。

決して大袈裟（おおげさ）な話ではなく、生徒会長という経歴を持ってこの学校を卒業することができれば、将来が固く約束されるというわけだ。

故に毎年行われる会長総選挙は、毎度毎度熾烈（しれつ）な争いが繰り広げられると聞く。

この学校に入れただけでも万々歳な俺としては、到底縁のない話。

しかしながら、そんな風に自分とは遠い話だからこそ気になってしまう。

そう、あの屋上で見たものが――――。

「八重樫先輩がパンツを穿いていなかったんだけど、どう思う？」

「あんた何言ってんの？」

ゴミを見るようなあまりにも鋭すぎる視線を受け、少なからず俺の心は傷ついた。

とはいえ、俺が悪いことは理解している。

意味分からんこと言っているし。普通にセクハラだし。今のところ周りに人はいないけど、ここ普通の教室だし。

だからと言って、何故八重樫先輩がパンツを穿いていないのかという疑問を解消しない限り、俺は永遠に続く迷宮に囚われたままになってしまう。

「頼む聞いてくれ、ひより」

「……何よ」

「俺はこの疑問に囚われてしまってから、食事が喉を通らなくなったし、夜もよく眠れなくなってしまったんだ。このままではいつか衰弱死する……だから！　早く八重樫先輩のノーパンの謎を解き明かさないと！」

「バカタレ」

「うぶっ」

脳天にチョップが直撃し、体に電流のような衝撃が駆け抜けた。

この殺人チョップの持ち主、一ノ瀬(いちのせ)ひよりは、小学校からの俺の幼馴染(おさななじみ)である。

空手歴十年。好きな物は肉と正拳突き。嫌いな物は道端に捨てられた空き缶とかペットボトル。

赤みを帯びた髪は短く整えられており、どことなく男勝りな印象を受ける。

しかし顔つきは割と整っており、気兼ねなく話せる相手として男子人気は高いらしい。

小学校、中学校、高校と同じところに通っているわけだけど、別に意図したわけではなかった。

何となく家が近いから。何となく偏差値が近いから。理由なんてその程度のもの。

ただ、ひよりはどうやら俺のことをサンドバッグか何かだと思っているようで、よく暴力を振るわれる。

要は暴力ヒロインというやつだ。

今時流行(はや)らないよね。

残念ながら彼女が覇権を取ることはないだろう。

「……今ウチに対して失礼なこと考えてない？」

「考えてないです」

あぶねぇ、どうして分かるんだよ。

「はぁ、珍しく真剣に相談事があるって言うから今日の集会に遅れるって連絡したのに……時間を取って損したわ」

「俺にとっては大事なことなんだよ！　先輩がパンツを穿いていない理由が知りたいんだ！」

「こんな誰が来るかも分からない教室で叫ぶなっ！」

チョップ、パート2。

しかしこうなることを予想していた俺は、両腕をクロスさせることでチョップを防いでいた。

暴力系ヒロインのやることなんてお見通しなんだよね。

「なっ……」

「頼む……っ！　俺は真剣なんだッ！　生徒会役員であるお前の力を貸してくれ！」

「……」

ひよりは凄まじく冷たい視線を俺に向けている。

やめてくれ、興奮してしまうじゃないか——なんて言っている余裕もないくらい、ちょっと怖い。

ただ、本能が言っているのだ。

八重樫先輩には、大きな秘密があると。

だからこそ、いくらひよりが怖いからと言ってここで退くわけにはいかない。

「……大体、生徒会長がパンツを穿いていないってくらいでそんなに気になる？　ウチには理解できないんだけど」

「え？　パンツ穿いてない人がいたら普通気にならない？」

「いや……うん……気になるかも」

珍しく俺が正論を言ったからか、ひよりが頭を抱えている。

なんだか久しぶりに勝利した気分だ。

論破って気持ちいいね。スカッとするよ。

「じゃあ、仮にウチがあんたに協力的になったとして、ウチに何をさせるつもり？」

「そりゃ対面で話す機会を作ってもらって、直接俺が『どうしてパンツを穿いていないんですか』って――」

「聞かせるかアホっ！」

怒鳴られてしまった。

「はぁ……あんた、正真正銘の馬鹿ね」

馬鹿とは心外だ。これでも学業の成績は悪くない方なのに。

本当に気になっているのだ。先輩のパンツが。

八重樫唯という人物は、パンツを穿いていなければならない人間だ。

――いや、別にパンツを穿かなくていい人間なんていないか。

すまない、話がおかしな方向に行きそうだった。

俺が言いたかったのは、ほら、たまにいるだろう。あえて下着を穿かない奴が。

まあ別にそれはいいと思うのだ。

男なんてズボンを穿いていれば脱がない限り分からないわけだし、女だってたとえスカートを穿いていてもめくられなければ下着があるかどうかなんて分からない。

しかしどう足掻いても、世間一般からの印象は〝変態〟だ。

文武両道、品行方正、清楚可憐な八重樫唯という女が、もしかすると変態かもしれないなんて誰が想像するだろう？

つまるところ、世間一般の人間たちが作り上げた印象上の八重樫唯は、必ずパンツを穿いている。

多分色は白。装飾は多くない。

水色と白の縞々はあり得ない。動物の絵がついているやつもあり得ない。

黒は……あり得るな。清楚可憐な少女が実は黒い下着を穿いている。なんともそそる響きではないか。黒はありだ。むしろ穿いていてほしい。

ありえるとするなら紐パン――そう、紐パンだ。

もっとも平和的な真実があるとすれば、それは俺の見間違い。

俺の視力はかなり良い方だし、俺の優秀な脳みそはあの時の光景をしっかりと記憶している。

ただ、しっかりすべてが見えていたのかと問われると少し怪しい。

スカートは風ではためいていたし、先輩もすぐに裾を押さえて隠した。

極限まで肌面積が広く見えたから、『穿いていない』と決めつけている可能性もある。

要は俺が歪んだ認知をしているかもしれないのだ。

高校生で紐パンとはけしからんと言いたいところだが、ノーパンよりはマシと思える。

勝負下着なんて言葉があるように、紐パンはあくまで魅力を引き立てるための武器。

しかしノーパンは、素手だ。

共学とはいえ、学校にいる半分の人間は男。しかも欲を持て余した男子高校生。

言うならばゴブリン。言うならばオーク。

ゴブリンやオークの巣に若い女が素手のままやってくる——エロ漫画、エロゲー、エロ同人誌化待ったなしなのはもはや常識と言っていいだろう。

もしも本当に先輩がノーパンだったとしたら、その秘密を知っている俺が守らなければ。

彼女がゴブリンやオークの犠牲になってしまわないように、俺が守らなければならないのだ。

え？　下心？　あるわけないだろう。馬鹿にしないでくれ。俺はちゃんと紳士だ。

女の秘密は他人に話さない。一生俺だけの秘密として優越感を抱いたまま墓場へと持っていく。

ワンチャン連絡先を交換できたら、それでいい。あとはどうとでもなる。

――あれ、そんな話だっけ？

「ていっ」

「ぶごっ」

考え事をしていた俺は、ひよりが繰り出した拳を避けることができなかった。

「はにゃが……！　はにゃがめりこんでる！」

「あんたが確実によからぬことを考えている顔をしていたから、正気に戻してあげたわ」

「ありがとう！　とりあえず鼻を引っ張ってもらっていい⁉」

ひよりに鼻を摘まんでもらい、埋まってしまった部分を引っ張り出してもらう。

「ふぅ、危うく顔面陥没乳首男になってしまうところだった」

「もう一発欲しいなら素直に言ってくれればいいのに」

「ごめんなさい」

今日のひよりはだいぶ機嫌が悪そうだ。

よし、いつも通りだな。

「……で？　結局あんたは何がしたいわけ？　ウチにも分かるように言ってよ」

「八重樫（やえがし）先輩がパンツを穿（は）いていない理由を知りたい」

「あはは、何言ってんだかちっとも分からないわね」

お前が聞いたのに。

「それが分かれば正気に戻るのね？　じゃあ簡単じゃない」

「簡単？　何をもってして？」

「ウチが聞いてくるのよ。これでも生徒会役員として関係性は人より深いつもりだし……それに女子同士なら話しやすいでしょ？」

「い、いや……それはなんか、その……」

「何よ。手っ取り早いじゃない」

「その……ロマンがさ、ないじゃん」

「あんたさ、二回くらい死んで生まれ変わった方がいいんじゃない？　シンクの水垢とかに」

「はは、冗談キツいよ、ひより」

「え？」

ふふふ、冗談じゃないみたい。

「……じゃあどうしろってのよ。相談されたところで、ウチは犯罪に手を貸すつもりはないわよ？」

「悩んでいるのはそこなんだ。どうすればセクハラで訴えられずにパンツの謎を解くことができるのか……」

「真顔で言われると本気で悩んでいるように聞こえるから不思議ね」

「少なくとも俺は今本気で悩んでいるからな」

自分でも何故これほどまでに先輩のパンツの有無が気になっているのか分からない。だけど本気で知りたいと思っているのは事実で、どうにもそれは性欲を通り越し、知的好奇心の域にまで到達している。

この真実を知った時、俺はきっとまた一つ大人になることができると思うのだ。

下ネタじゃないよ、断じて。

「ひより、改めて八重樫先輩に紹介してもらえたりは……」

「はぁ……頼まれたところで、ウチからあんたを紹介するみたいな真似はできないわよ。ただお近づきになりたいとか、そういう話ならともかく、どうしてパンツを穿いていないのか気になったからなんて馬鹿みたいな理由で『はい、分かりました。紹介してあげます』なんて言えると思う？」

「まったく思わない」

「分かってるじゃないの」

「でも、そこをなんとか！」

「前言撤回。なんも分かってないわ、こいつ」

ひよりが盛大にため息をつく。

話題のせいか、いつもよりひよりが疲れているように見えてきた。

理由は間違いなく俺なんだけどね。

「とにかく！　ウチは協力できないから！　お近づきになりたいなら勝手に一人でやってよ。変に関わってるって周りに思われたら、ウチの内申にも響くし」

「内申に響くレベルなの？　俺って」

「この先あんたがパンツの謎を解くために何かやらかしたら、それはそれは響くでしょうね」

うん、確かに。

「じゃあ、自分でなんとかするしかないか」

「……」

協力が得られないなら仕方がない。俺だけでなんとかするしかないだろう。

八重樫先輩がパンツを穿いていないことを隠している可能性がある以上、他に協力者を求めるなんてことはできない。

ひよりに対してだって、生徒会役員だから相談しただけだ。

ただ幼馴染だからという理由で人の秘密をべらべら話したりはしない。

さて、ひとまず困ってはいる。

また屋上でばったり鉢合わせなんてことがあればあっさり聞き出せてしまうかもしれないが、特に大きな接点もない男から突然『どうしてパンツ穿いてないんですか？』なんて聞かれようものなら、いくら八重樫先輩でも怖がらせてしまうだろう。

だからこそひよりの協力が必要だと思っていたのだけど――――。

「ねぇ、夏彦(なつひこ)」

「ん?」

ひよりから名前を呼ばれ、俺は一度思考を中断する。

「あんた、本気なのね」

「うん」

「……そう。じゃあ、仕方ないわね」

「え?」

俺の目の前で、ひよりは自分のスマホに何かを打ち込む様子を見せた。

その行動に首を傾(かし)げていると、突然後ろから首元に何か強い衝撃を受けて、俺の意識が揺らぐ。

ぐわんと大きく揺れる視界の中、倒れかける俺を椅子から立ち上がったひよりが受け止めた。

「悪いわね、夏彦(なつひこ)。でも、あんただって悪いのよ」

意識を失う寸前に見えたひよりの顔は、どこか悲しそう——なんてことはなく、めちゃくちゃ面倒臭そうな顔をしていた。

「ん……」

小さな物音で、俺は意識を取り戻した。

ゆっくりと目を開けば、そこはどこかの薄暗い教室。

学校の中ということは間違いなさそうだけれど、俺はこの教室の内装に見覚えがなかった。

「……お目覚めのようです」

そんな状況で不安になってしまうよりも先に、女の声が耳に届いた。

視界に入ってきたのは、三人の少女。

彼女らは椅子に座らされた俺を見下ろし、まるで値踏みするような視線を向けてきていた。

「あ、あの……これはどういう状況――」

「花城夏彦(はなしろなつひこ)君、ね。申し訳ないんだけど、あなたのことを拘束させてもらったわ」

「拘束？」

最初に口を開いた少女とは別の少女にそう告げられ、俺はすぐに自分の状況を理解した。

俺の体は、縄によって椅子に固定されてしまっている。

縄自体はただ結んであるだけだし、時間さえあれば抜け出すことはできそうだ。

そう、時間さえあれば。

少なくとも目の前にいる彼女らは、俺にそんな時間を与えてくれそうにはない。

「えっと……俺何か悪いことしたのかな、ひより」

「……はぁ」

この教室にいる三人の少女のうちの、最後の一人。

我が幼馴染である一ノ瀬ひよりは、俺の前で盛大にため息をついた。

「あんたのことだし、もう気づいてるんじゃないの？　ここがどこで、どうして拘束されているのか」

「……まあ、ね」

俺は改めて彼女らの姿に視線を向ける。

ひより以外の二人。俺は彼女たちにも少しだけ見覚えがあった。

「えっと……紫藤先輩と、双葉椿姫さん……だっけ」

「あら、知ってくれているのね」

紫藤先輩が妖艶に微笑む。

生徒会副会長、紫藤アリス。

藤色の髪と日本人離れしたスタイルを持つ彼女は、確かハーフなんだとか。

本当に高校生？　と尋ねたくなるほど大人びたその風貌は、多くの男子の支持を集めファンクラブすらできていると聞く。

こうして目の前にしてみると、確かにエロ――――じゃなかった、色っぽい。

そしてもう一人は、一年生の双葉椿姫。

八重樫（やえがし）先輩や紫藤（しどう）先輩というあまりにも強すぎる光によって影になってしまっているが、その毅然（きぜん）とした態度や小柄な姿は、一部層から熱狂的な支持を得ていると聞く。

いわゆる後輩属性というやつだ。

その可愛（かわい）らしさに魅了されるファンが多いのも頷（うなず）ける。

役職はなんだったか。ひよりが会計だし、消去法でいくと書記かな？

ていうか、ひよりが会計って俺的にはツボなんだよね。

あれだけ粗暴なのに細かい計算作業をしなきゃいけない役職にいるっていうのが、よく務まっているなぁと――――。

「ひ、ひよりちゃん？　どうして急に花城（はなしろ）君の顔を蹴ったの？」

「すみません、どうせウチに対して失礼なこと考えている顔してたので」

勘が良すぎるって。

「すごいですね、ひより先輩の蹴りを受けて息があるなんて」

双葉（ふたば）さんが俺の方を見て目を見開いている。

そういえば、双葉（ふたば）さんはひよりと同じ道場で空手を習っているんだったか。

何度かひよりの口から双葉（ふたば）さんの話題が出ていたため、なんとなく覚えている。

ならばあの伝説も知っているということか。

中学の頃の大会で、ひよりは対戦相手の意識を一撃で刈り取った。

その際に放った上段蹴りがまるで死神の持つ大鎌のように見えたという観客の証言から、彼女についた二つ名は〝赤き死神〟――――。

あまりにも仰々しい名前だが、妙に似合っているのが個人的にはツボだ。

……あれ？　ちょっと待ってほしい。

俺って空手経験者が息を引き取るような暴力を毎回振るわれているってこと？

最近暴力ヒロインがあんまり受けないからって、今度は殺人ヒロインか。

それはそれで今時流行(はや)らないよ、多分。

「……ごほんっ。ともかく！　花城夏彦(はなしろなつひこ)君。あなたの身柄は、我々生徒会役員が拘束させてもらったわ」

紫藤(しどう)先輩が強引に話を本筋に戻した。

ひよりがさっき俺の話を聞きながらスマホをいじっていたのは、この人たちに連絡を取るためか。

そしておそらく俺を気絶させたのは、ここにいる双葉(ふたば)さん。

この人たちが自由に使える場所、それはつまり生徒会室であり、ここに拘束される理由なんて、心当たりは一つだけ。

「俺がここに連れてこられたのは……八重樫(やえがし)先輩について知ってはいけない情報を知ったから？」

「察しがよくて助かるわ、花城君。そう、あなたは唯について知ってはいけないことを知ってしまった」

「で、でも、別に下着を穿いてないことくらい大した秘密でも……」

「……あの子、下着穿いてなかったの？」

「え？　ああ、まあ」

紫藤先輩は振り返り、ひよりを手招きして呼ぶ。

「花城君が言ってることって本当？」

「……らしいですよ」

「っ……呆れた。あんなに忘れるなって言っておいたのに」

何やら紫藤先輩が困っている。

知ってはいけないこと、それすなわち八重樫先輩の下着のことについてだと思っていたのだが、どうやら俺が見たものに関する詳しい情報はまだ伝わっていなかったらしい。

そこから分かることは、下着の有無自体が大きな問題にはなっていないものの、何か重大な秘密にそれが大きく関わっているということくらいか。

「俺を口封じするつもりですか」

「申し訳ないけど、そういうことになるわね」

紫藤先輩がじりじりと近づいてくる。

そして彼女は、俺の制服のワイシャツに手をかけた。

「な、何をするつもりなんですか⁉」

「脱がすのよ、あなたを」

「え⁉」

なんだそのご褒美は。こんなことで俺の口を封じようと思っているのであればいくらでもやってほしい。

なんなら俺自ら脱いだっていいよ。

「……何鼻の下伸ばしてるのよ。今あんた、脅しの材料を撮られようとしてるのよ？」

「脅し？」

そこで俺は気づいた。

ひよりの隣で、双葉さんがカメラを構えている。

ああ、なるほどね。服を脱がされて恥ずかしい姿になった俺を写真に収めようとしているわけか。

それでこの写真をばら撒かれたくなければ、八重樫唯の秘密を黙っておけと。

「え？　じゃあ結局ご褒美じゃない？」

「……は？」

俺の一言で、場の空気は完全に固まった。

「だって元々八重樫先輩の秘密なんて他の人に話すつもりないし、それなら俺は紫藤先輩に服を脱がされただけの男になるじゃん。それをご褒美と言わず何をご褒美って言うんだよ」

「……はぁ」

ひよりが頭を抱えている。

何かおかしなことを言ったかな、俺。

完全にノーリスクで俺は美少女に服を脱がされようとしているわけで、どう考えてもご褒美を受け取っているようにしか思えない。

人前で露出するのは俺といえど恥ずかしいけど、相手が美少女ならそれもまた良し。

なんにせよ、俺に対してこの脅しはまったくと言っていいほど無意味だ。

「その……下手したら裸の写真をばら撒かれる可能性があるのよ？　嫌じゃないの？」

「それは嫌ですけど、俺が何もしなければばら撒くつもりはないんですよね？　じゃあ別に大丈夫ですよ」

「……」

何故だろう、紫藤先輩が縋るような目でひよりの方を見ている。

あれ、もう脱がせてくれないのかな。まだワイシャツの胸元がはだけている程度なんだけど。

「……紫藤センパイ、ちょっとこいつのことで相談があるんですけど」

ひよりは呆れたような表情を浮かべながら、紫藤先輩を呼ぶ。

結局彼女らは三人で会議を始めてしまい、俺はぽつんと一人残される羽目になった。

意図せず放置プレイみたいになっているが、大して服が脱げているわけでもないからか、別に興奮はしないな。俺もまだまだ修行が必要らしい。

「――待たせたわね、花城君」

しばらくして戻ってきた紫藤先輩は、ずいぶんと苦い顔をしていた。

その後ろにくっついているひよりは諦めたような表情を浮かべているが、まあそれはいつも通りとして。

双葉さんの表情はまったく読めない。割と顔色の変化が乏しいんだな、この子は。

「あなたを脅すのはもうやめておくわ」

「え、そうなんですか？」

「代わりに……」

紫藤先輩は、俺の目の前に何かを突き出してきた。

それは腕章。

生徒会役員であることを証明する、限られた者しか持てない証だ。

「あなたには、生徒会雑務――もとい八重樫唯の秘密を守る者として、生徒会に席を置いてもらうことにしたわ」

「……はい？」

「どうぞ、お茶です」

「あ、どうも」

双葉さんが差し出したお茶に、俺は口をつける。

彼女はそのまま机を挟んで俺の対面に座る紫藤先輩の後ろに立った。

「それで……俺は生徒会に誘われているってことでいいんですか？」

「正確には強制的に所属させようとしているんだけどね」

つまりは、生徒会役員への従属。

いくら生徒会副会長とはいえ、一般生徒をどうにかするなんて権限は持ち合わせていないと思うのだけど。

「もし断るなら、今度こそあなたの恥ずかしい写真を撮って脅しの材料にさせてもらうわ」

「だから、それじゃ俺に対する脅しにはなりませんよ？」

「そうだった……」

紫藤先輩が頭を抱える。

なんだろうか、この人から漂う苦労人感は。

「……紫藤(しどう)センパイ、とりあえず詳しい事情を説明したらどうです？　ウチ八重樫(やえがし)センパイ呼んできますから」

「そうね……お願いしていい？」

「はい」

ひよりが部屋を出て行くのを見送って、紫藤(しどう)先輩は改めて俺の方へと向き直る。

「……詳しく説明するわね」

「あ、はい、お願いします」

「まず、どうして唯(ゆい)が下着を穿(は)いていなかったか分かる？」

「え？　急にどうしてそんなセクハラを？」

「そういう話じゃないわ」

違ったか。

「じゃあ、えっと……八重樫(やえがし)先輩にはそういう趣味があるとか」

「あの子の名誉のために言っておくけど、それも違う」

「残念」

「さっきから色々と正直過ぎないかしら」

「それが俺のいいところだと思っているんで」

俺は女性に嘘(うそ)はつかない。

紳士である俺は女性の前では常に正直者でいたいのだ。

「で、八重樫先輩の秘密ってなんなんですか？」

「……ポンコツなのよ」

「ポ、ポンコツ？」

「そう。それも超が付くほどのね」

ポンコツ、つまりは間が抜けているというか、天然が入っているとか、そういう意味で使われることが多い言葉。

本来は壊れた機械などに使われていた言葉だが、人間に対してもあまりいい言葉としては使われていない。

どう考えても八重樫先輩には似合わない言葉だと思うのだが——。

「あの子はね、勉強はすごくできるの。運動もできるし、カリスマ性だって高い。はたから見てもそう思うでしょう？」

「そりゃまあ……」

そう、それが八重樫先輩に対して持っているイメージだ。

八重樫先輩は美人で、運動能力が高くて、生徒会長を任されるほどに上に立つ者の素質を持っている人間。

勉強だって常に学年上位三人以内に入っているし、その完璧超人っぷりは他者の追随を許さない。

「でもね、ポンコツなのよ」

「……」

紫藤先輩は、有無を言わさぬ態度でそう告げた。

普段のイメージがあるせいで、八重樫先輩は完璧超人という認識を拭えない。

しかし紫藤先輩は俺の知る限り誰よりも八重樫先輩の側にいる人間。

そんな人が言うのだから、誰の言葉よりも信用できる。

しかも紫藤先輩がこんな風に人を拉致してまで冗談を言う人間にも見えない。

となると、もう疑う余地がないわけで――。

「その……どうポンコツなんですか？」

俺がその言葉に疑問をこぼしたのと同時に、生徒会室の扉が開いた。

部屋に入ってきたのは、話の中心人物である八重樫先輩と、そんな彼女を呼びにいったひよりである。

「紫藤センパイ、八重樫センパイを連れてきました」

「ありがとう、ひよりちゃん。唯、ちょっとこっちきて」

紫藤先輩に呼ばれ、八重樫先輩は俺の前までやってくる。

「どうも、八重樫先輩」

「おお、君は花城夏彦じゃないか。昨日の屋上ぶりだな。早速遊びに来てくれたのか？」

「まあ、ちょっと色々ありまして」

「ふむ。ともかく歓迎しよう。我が生徒会室でゆっくりしていくといい」

八重樫先輩はそう言いながら笑みを浮かべた。

ずいぶん歓迎してくれているようだけど、八重樫先輩は今自分の秘密が俺に伝わってしまっていることを知らないのだろうか。

「ねぇ、唯？　昨日下着を穿いてなかったって本当？」

「ん？　ああ、そうなんだ。昨日は水泳の授業があっただろう？　だから着替えの手間を省くために制服の下に水着を着て学校に来たんだが、帰りに穿いて帰る下着を忘れてしまってな。私のしたことが、少しだけ焦ったよ」

「……何か困ったことがあれば、私を頼ってって言わなかったっけ？」

「……あ」

八重樫先輩は、そこでようやく思い出したかのような声を漏らした。

「あ、じゃない！　もう！　他の生徒に見られたらどうするつもりなの⁉」

「大丈夫だ。ここにいる花城夏彦にしか見られていない」

「見られてるじゃないの！」

ここで俺は、紫藤先輩の言葉を全面的に信じることにした。

八重樫先輩に対して感じた、決定的なズレ。

その正体は、もちろん彼女が群を抜いて優秀な人間という部分も大きいけれど、今目の前のやり取りがすべてを表しているように思えた。

「……紫藤先輩の口振りからして、もしかして常習犯なんですか？」

「ええ……そうよ」

水泳の授業に替えの下着を忘れる。

そんなのは別に珍しい話ではない。

そう、確かに珍しい話ではないのだが、八重樫先輩がその当事者となると訳が違う。

常習犯ともなればなおさらまずい。

「花城君。この学校の生徒会長がどうやって決まるか、知っているわよね？」

「はい。年に一度の会長選挙ですよね」

「そう。生徒会長は、立候補した人間、または推薦された人間から全校生徒による選挙によって選ばれる。だからこそ、生徒会長となった人間は全校生徒の模範となる存在でいなければならないの」

「つまり、パンツを穿き忘れるような人間じゃいけないってことですよね」

「そう、パンツを穿き忘れるような――――って、今ナチュラルにセクハラした？」

「いえ？　話をしていただけです」

そんな、この俺が下着をパンツって言い換えてわざわざ紫藤先輩に言わせようとするわけがないじゃないですか。

「でも下着ってちょっと言い方がお上品過ぎる気がするんです。できれば皆パンツって口に出して言いましょうよ！」

「夏彦、あんたが生まれ変わったら下着のタグになるよう祈っておくわ」

「あれ、まず殺すところから始まってない？」

顔面に深々とひよりの拳が突き刺さる。

ありがとうね、いつもの愛情表現。

「おい、ひより。あまり暴力はよくないぞ？　花城夏彦の顔が陥没してしまっているじゃないか」

「ああ、いいんです。こいつはこれが好きなんで」

「何？　そうなのか。じゃあこのままでいいか」

「はい、放っておいてあげてください」

待て待て待て。

俺はすぐに陥没した鼻を摘まんで引っ張り出し、抗議の声を上げた。

「待ってください！　一応いつも痛いんですから！　俺はMっ気はあんまりないんですよ！」

「全然ないってわけじゃないならいいじゃないのよ」

ごもっとも。

痛いところを突かれたね。正拳突きだけに。

「まあ、俺のことはいいんです。それより八重樫先輩についてもう少し話を聞かせてください」

「〝俺〟の話にしたのはあんたでしょうに……」

ひよりの冷静なツッコミが刺さる。

いけないいけない。自分以外美少女しかいないこの部屋の空気が美味すぎて、テンションが上がり過ぎていた。

これでは冷静な話なんてできやしない。

落ち着くためにも、ここで一つ深呼吸しておこう。

うん、やっぱり空気が美味い。

「……話を戻すわね？」

紫藤先輩は、咳払いをこぼした後に言葉を続ける。

「ここにいる八重樫唯は、生徒会長という人を率いる立場でありながら、〝天然〟を極めてしまっているの。特に勘違いとか、間抜けな行動が多いんだけれど、もしそれが学校中の生徒に知れ渡ったら、一体どうなると思う？」

「……まさか、不信任決議案が出ると？」

「そのまさかよ、花城君」

生徒会長の座に就く者が、その資格を持ち合わせていないと判断された際に突き付けられる決まり事――それが生徒会長不信任決議。

最終判断権を持つ教師によってこれが行使されてしまえば、八重樫先輩はその時点で生徒会長ではなくなり、また臨時で会長選挙が行われることになる。

つまり八重樫先輩が模範的な生徒ではないということが周りにバレれば、生徒会長をクビになってしまうわけだ。

本来であれば多少ポンコツだったところで可愛げがあると見なされて終わりなんだろうけど、大事なのは八重樫先輩の不信任決議が確定した段階で再度会長選挙が行われるという部分。

この学校で生徒会長に就任するということは、すなわち難関大学への推薦切符が手に入るということ。

それを喉から手が出るほど欲しがっている輩はいくらでもいる。

八重樫先輩を引きずり下ろすことで生徒会長になり替わろうとする者がいる限り、隙を見せることはそのまま転落に繋がってしまうわけだ。

特にパンツを穿いていないなんてかなりのスクープになり得るだろう。

そう考えると、俺はだいぶ大きな秘密を握ってしまったということになるな。

なるほど、拉致されるわけである。

「ウチらは生徒会として活動しながら、八重樫センパイの秘密を守っているってわけ。ほら、会長は選挙で決まるけど、役員はその会長が選んだ人間が担当することになるでしょ？　つまり八重樫センパイが仮に会長の座を降りたとして、次の会長がまたウチらを選ぶとは限らない」

「自分たちの立場を守るためにも、八重樫先輩を守る必要があるってことか」

「そういうこと。打算的だけど、この学校じゃ生徒会の役員ってだけで内申には大きなアドバンテージがあるからね。ウチらだって手放したくないのよ」

それはそうだ。

俺たちは来年大学受験を控えている。

人生において相当大事になるであろう大きなイベントだ。

高校受験の時でもしんどい思いをしたのに、同じか、さらに辛い時間を過ごすことが目に見えている。

そんな時間を推薦の力で少しでも緩和できる可能性があるとしたら、手を伸ばしておいて損はない。

さらに付け加えるとすれば、うちの学校の生徒会はよその学校よりも役割や仕事量が多い代わりにそれ相応の特権も多く、明確に他生徒と差がついている。

もちろん労力も並ではないようだけど、従事するメリットは十二分にあるはずだ。

「……あとは……まあ、思ったよりも居心地いいのよ、ここ。だから手放すのももったいないっていうか、負けた気がするっていうか」

珍しく言い淀んでいるひよりを見て、俺は驚く。

別にひよりは一匹オオカミを気取っているわけではないけれど、これまで特定のコミュニティに属するということはなかったはず。

そんな彼女が居心地いいとまで言うなんて――。

「……私と唯に関しては今更内申点に大きな影響はないんだけど、問題なのは不信任決議後の唯の立場ね。生徒会長を引きずり下ろされれば、腫物扱いされるのは想像に難くないもの」

「……それは確かに」

受験を控えている三年生の登校日は少ないとはいえ、そうなるのはまだまだ半年ほど先の話。

誰だって気まずい思いをしながら日々を過ごしたくない。

紫藤先輩側の考え方ももっともだ。

「……そういえば、ひよりはなんで生徒会に入れたの？　八重樫先輩と接点あったっけ？」

「ウチも加入の経緯はあんたと同じよ。たまたま八重樫センパイの秘密を知っちゃって、紫藤センパイに加入するよう脅され――じゃなかった、頼まれたのよ」

「誤魔化せてないよ」

しかし、なるほど。ひよりは元々内申点や周囲の評価を気にするような人間じゃないし、どうして生徒会役員になったのかなってずっと疑問に思っていたけど、俺自身が加入の流れを経験したことでようやく腑に落ちた。

「となると、双葉さんも加入の経緯はそんな感じ？」

「いえ、私はなんとなくです」

違うんかい。

「ああ、椿姫はウチが紹介したの。生徒会って基本生徒会長と副会長が三年生、会計が二年生、書記が一年生って構成らしいから、信頼できる一年生が必要だったのよ」

「全然なんとなくじゃないじゃん……」

まあ本人的には誘われてなんとなくって感じなのかな？

しかし当の双葉さんは、あまりにも表情変化が乏し過ぎて何を考えているのかよく分からない。

「……で、俺が雑務ってわけか」

「おお、なるほど。どうして花城夏彦がいるのかと思えば、新メンバーということだったのか」

「……今までの話の流れ、分かってなかったんですか？」

「ああ、普通に遊びに来てくれたのかと思っていた」

おっと、なるほどなぁ。

八重樫先輩を表現するとしたら、一番近い言葉としては〝無垢〟という語句が当てはまる気がする。

良くも悪くも純粋というか――まあ話の流れを理解していなかったことに関しては、説明を怠ったまま話していた俺らにも非があるか。

「っていうか、八重樫先輩は俺が加入することに関しては問題ないんですか？　なんだかトントン拍子に進んじゃってますけど」

「問題ないぞ。役員の人選はアリスに一任しているからな」

「あ、ああ……なるほど」

八重樫先輩は何故かドヤ顔をしているが、多分誇ることではないと思う。

「これで一応、生徒会は定員に達したわ。これ以上役員を増やすことはできない……唯と私が卒業するまであと約八カ月、このメンバーで唯の秘密を守るの。……あなたの事情を無視することになるのは申し訳ないけど、改めて協力をお願いできないかしら？」

「あ、はい。いいですよ」

「気乗りしないのは分かっているわ。プライベートの時間が減ることになるし……でも、私はどうしても唯のことを守り抜きたいと――え？」

紫藤先輩は自分から頼んできたにもかかわらず、どういうわけだかきょとんとした表情を浮かべた。

「別に時間がないってわけでもないですし、協力するくらいなら全然いいですよ。こんな機会滅多にありませんし」

むしろこんな美少女たちに囲まれる機会を逃してたまるか。

生徒会の仕事はかなり忙しいだろうけど、ここにある青春はプライベートの時間を犠牲にしてでも手に入れる価値がある。

将来自分の子供に自慢してやるんだ。『お父さんな、高校の時に美少女だらけの生徒会で最高の青春を過ごしたんだぞ』って。

それに毎日一緒になって遊ぶような友達もいないし、部活にも入っていないしね。

本当に時間だけは余っているのだ。

「わ、私が聞き返すのはおかしい気がするんだけど……本当にいいの？」

「はい」

「……」

俺の返答を聞いて、紫藤先輩は再びひよりの方に視線を送る。

「はぁ……紫藤センパイ、夏彦はこういう男なんで、言うこと成すこと信じていいですよ。こいつは馬鹿でスケベでどうしようもない時がありますけど……本気で殺意が湧く時もありますけど、女子の前じゃ嘘だけはつかないんで」

「……そうなのね」

紫藤先輩が一つ頷く。

そして俺の目を覗き込み、やがてその視線を八重樫先輩の方へと向けた。

「唯」

「ああ、分かっている」

八重樫先輩は俺の目の前に移動し、手を差し出してきた。

なるほど、これは必要な儀式ということらしい。

「花城夏彦、君を生徒会雑務としてここに迎え入れたい。引き受けてくれるか？」

「はい、喜んで」

俺は八重樫先輩の手を握る。

こうして俺は、八重樫唯の秘密を知る者として、生徒会に従事する者となった。

「よし、早速だが花城夏彦……いや、夏彦でいいか？」

「あ、はい。夏彦で大丈夫です」

「よし、では夏彦。君を新たな生徒会役員として先生方に紹介しようと思う」

先生方への紹介か。まあ当然そういうことも必要だろう。

今後生徒会の役員として行事の裏方だったり、普段から教師に頼まれた仕事をこなしていかなければならなくなるのだから、俺が生徒会役員になったことは知ってもらっていなければ困る。

「行くぞ、夏彦(なつひこ)。善は急げだ」

「はい……って、俺と八重樫(やえがし)先輩の二人だけですか？」

俺は振り返り、生徒会室に残る気配を見せる三人に声をかけた。

さっきの話を聞いたばかりだと、些(いささ)かこれでいいのかと不安に思う部分があるんだけど――。

「心配だけど、任命された役員の紹介は任命した本人である生徒会長自らが行わなければならないの。変な決まりでしょう？　でも生徒会長としての責任が問われる部分だから仕方ないのよ」

「なるほど……」

「でも、そうね……椿姫(つばき)ちゃん、悪いけど少し離れて二人についていってもらえるかしら。何かあった時はフォローしてあげてほしいんだけど」

紫藤(しどう)先輩から頼まれた双葉(ふたば)さんは、一つ頷(うなず)く。

ひとまずはこれで大丈夫か。

俺としては早速八重樫(やえがし)先輩の秘密を守る者として活躍したいところなんだけど、残念ながらまだまだ勝手が分からない。

ある種護衛と呼べる者の人数は、多ければ多いほどいいだろう。

「ウチらは今日中にやらなきゃいけない予算計算の仕事があるから、手が離せないのよ。八重(やえ)

樫センパイの秘密を守ることも大事だけど、そっちに集中し過ぎて本業を疎かにしたら本末転倒だから」

珍しくひよりも俺に対して申し訳なさそうな顔をしていた。

生徒会の仕事が滞るということは、すなわち生徒会長の八重樫先輩に対して監督責任が問われることになる。

ポンコツがバレようが、仕事が上手くいかなくなろうが、どの道待っているのは不信任決議だ。

こうして改めて思うと、だいぶ世知辛いね、うちの学校。

割と校則も緩めだし進学率も高いから、一般生徒としてはかなり恵まれた環境なんだけどね。

「分かった。じゃあ……ひとまずお務めを果たしてくるよ」

「気を付けてね、花城君」

「はい、お任せください」

俺は軽く格好つけてから、八重樫先輩と共に生徒会室を出た。

廊下に出た途端、なんだかいつもの風景がそうではないように見え始める。

すべては隣にいる八重樫先輩の影響だろう。

彼女はいつも通り凛と澄ましたような態度を取っているが、今後俺はこの外面を守るために警戒心を強めながら生活しなければならない。

まあ、別に苦ってわけじゃないんだけどね。

八重樫唯という存在を守ることができるなんて、俺にとっては大金をはたいてでも手に入れたい権利だ。

だからこそ、こんなにも周囲の景色が輝いて見える。

あの時八重樫先輩が下着を穿き忘れてくれていてよかった。

ノーパンに感謝します。

「これから挨拶に行くのは、甘原先生だ。彼女は我ら生徒会の窓口役を担当してくれている」

「ああ、甘原先生なんですね」

甘原先生、本名は甘原優菜。

日本史の教師であり、俺やひよりの担任でもある。

性格はなんというか……教師っぽくないというか。

少なくとも、生徒たちからは大人気な先生だ。

「……」

八重樫先輩と廊下を歩きながら、チラリと後ろに視線を送る。

紫藤先輩からの指示通り、双葉さんは俺たちとつかず離れずといった距離を保ちながらついてきてくれていた。

何かあったら、とは言うものの——まだ実際に八重樫先輩が何かをやらかす瞬間というのが想像できない。

　これだけ堂々と胸を張って歩いている人が、果たしてびっくりするほどのミスを犯すのだろうか？

　……犯すんだろうな、多分。

「……すまなかったな、夏彦」

「え？」

　声をかけられて八重樫先輩の方へ視線を戻せば、どことなく罪悪感を抱えているような目がそこにあった。

「私のせいで、お前を生徒会に巻き込んでしまった……貴重な学生の時間を奪ってしまっただろう」

「……」

　確かに、生徒会に入るということは自由に使える時間が減るということ。

　俺はまだ部活に入っていなかっただけマシだけど、趣味や勉強に費やせる時間は間違いなく少なくなる。

　たかが一つの出来事で、俺の人生は大きく変わってしまった。

　——しかし、それがなんだと言うのだろう？

「俺のことなら気にしないでください。八重樫先輩や紫藤先輩とお近づきになれて、今めちゃくちゃ幸せなんです」

「幸せ……？」

「誰かの役に立てるってだけで、俺は生き甲斐を感じるんですよ」

さっきも考えたが、俺は八重樫先輩を守らせてもらえるという環境に感謝すらしている。苦労なんて感じない。何故ならば女性に尽くせるというのが喜ばしいから。

「まだまだ男としても生徒会役員としても頼りないかもしれませんが、精一杯職務をまっとうさせてもらうつもりです。だからもう謝らないでくれると嬉しいかなって」

「……そうか、お前は優しいんだな」

「優しいだなんてそんなそんな」

俺は笑ってその言葉を受け流す。

言えない……女性に尽くせるだけでなく、校内でも有名な美少女たちとお近づきになれただけでお釣りがきますだなんて。

変に好感度を稼ごうとすると、いくら八重樫先輩でも引いてしまうかもしれない。

この辺りの距離感は見誤らないように生きていこう。変態女好きとの約束だぞ。

——誰が変態女好きじゃい。

「夏彦、改めてお前の生徒会加入をとても嬉しく思う。頼もしいお前の力を、ぜひ私に貸してほしい」

「はい。八重樫先輩の役に立てるよう頑張ります」

「……」

「……八重樫先輩？」

俺の返答を聞いて、八重樫先輩は少しばかり顔をしかめた。

あれ、何か返事の仕方を間違えただろうか？

俺が不安になっていると、八重樫先輩は顔をしかめたまま口を開く。

「夏彦、私のことは八重樫先輩ではなく唯と呼んでくれていいんだぞ？　こちらは呼び捨てで呼ばせてもらっているのだから、お前も私を呼び捨てにしなければ不公平だ」

「すみません、それはできないっス」

八重樫先輩を後輩の俺が呼び捨てにするなんて、この学校で生きていくことを自分から手放すようなものだ。

三年生からは生意気な奴、同級生からは身の程知らず、下級生からは危険な先輩と思われてしまうこと間違いなし。

八重樫先輩にはもう少し自分の校内での立場を意識してもらった方がいい。

もちろんフレンドリーに接してくれることは嬉しいけどね。

「……どうしても駄目か？」

「っ！」

上目遣いで覗き込んでくる八重樫先輩の破壊力に、俺は思わず仰け反った。

なんて強力な兵器だろう。もしも彼女が世界中に微笑むことができたなら、きっとこの世から争いはなくなるに違いない。

――いや、逆に八重樫先輩を巡って争いが起きるか。

なんて馬鹿なことを考えている場合じゃない。

俺はたとえここで命を散らすことになったとしても、八重樫先輩を呼び捨てにすることはできないだろう。

しかし、このままでは彼女を悲しませるだけで終わってしまう。

これは究極の選択だ。この身が滅んだとしても、俺は八重樫先輩を喜ばせるためだけに勇気を振り絞るべきか。

「……じゃあ、その……〝唯先輩〟じゃ駄目ですか？」

「何？」

俺が考えを振り絞った末に出した答え、それは下の名前に〝先輩〟という単語を付けるというものだった。

これもだいぶ危険な賭け。

多くの後輩が生徒会長や八重樫先輩と呼ぶ中、恐れ知らずの〝唯先輩〟呼び。

人前でそう呼んでいることがバレれば、闇討ちされても文句は言えない。

大袈裟と思うことなかれ。それだけの信者を抱えているのが八重樫唯という人間で、それだけ厄介な生徒を抱えているのがこの学校だ。

まあ普段はみんな真面目なんだけど、特に男子は女子のことが関わると目の色が変わるから注意だゾ。

「……そうだな、先輩後輩の垣根をいきなり越えさせるのも酷か。仕方ない、唯先輩で妥協しよう」

「あ……ありがとうございます、唯先輩」

「ふむ、先輩呼びも悪くないな」

どうやらお気に召したらしい。

八重樫先輩――もとい唯先輩はご満悦だ。

「しかしながら、いつでも呼び捨てにしてもらって構わないからな。それこそあだ名でも構わない。唯ちゃんなんてどうだろうか？　なんとも可愛らしい響きではないか」

「い、いや……それこそちょっと……」

「そうか？　まあお前が呼びにくいというのであれば無理強いはできないか……私たちはもう友人なのだから、遠慮は必要ないぞ？」

友人、なんて恐れ多いことを言うのだ。

そう認識してもらえているのはありがたいけれど、すっ飛んだ過程に驚きを隠せない。

一応まだ、知り合ってから二日程度の関係値なんだけど――。

「よし、では行こうか、夏彦」

「はい…………唯先輩」

「うむっ」

おっと危ない、嬉しそうに頷く唯先輩が可愛らし過ぎて、一瞬意識が飛ぶかと思った。

もうなんでもいいや、唯先輩が可愛いし。

あの下着の一件から、俺の中にある八重樫唯に対するイメージがどんどん崩れていく。

結局は人の本性なんて外からじゃ分からないっていうのは当然としても、こうも印象が違い過ぎる人っていうのも中々珍しい。

これからまた別の面が見えてきたりするのだろうか……？

だとすれば、きっと退屈とは無縁の生活を送ることができるだろう。

「失礼します」

唯先輩について、俺は職員室へと足を踏み入れる。

もちろんこの部屋に入るのは初めてではないけれど、怒らせちゃいけない人ばかりがいるせいで毎度変に緊張しちゃうよね。

唯先輩は部屋の中を見渡し、目的の人物を見つける。

「甘原先生、今お時間ありますか？」

「ん……？　ああ、八重樫か。何か用か？」

唯先輩の呼びかけに反応した、一人の女性教師。

若干枝毛の多い黒色の長髪を後ろで結んでいる彼女は、どこか気怠い様子で俺らに視線を向けた。

甘原優菜先生。俺らの担任である彼女は、やはりどこか教師っぽくない。

いい意味でいい加減な人間というかなんというか。

しっかりしないといけないところはちゃんとして、普段はあんまり力を入れずに要領よくこなしていくタイプと言えば分かりやすいかもしれない。

そういったメリハリの良さだったり、生徒に対して距離の近い接し方が人気の秘訣になっているのだろう。

なんとなくだけど、甘原先生はそういう部分を意識的に作っている気がする。

上手いこと要領のいい教師を演じているのだ。

俺含めて、彼女のクラスに配属されたことを幸運に思っている生徒は多い。

――そしてこれは余談という名の本編なのだが、甘原先生は態度だけでなく服装もちょっと緩い時がある。

主にワイシャツの胸元のボタンが外れかけていたりして、たまに一瞬谷間が見えたりもするのだ。

たまんないよね、そりゃ。

「今日は新たに生徒会役員として迎えることになった生徒を紹介させていただきに来ました」

「ふーん……って、花城じゃないか」

甘原先生はわずかに驚いた様子で俺を見た。

「お前が新しい役員なのか」

「はい、一応」

「一体どういう経緯だよ……こういうことに興味持つような人間だったか？　お前。別に八重樫と仲良かったわけでもないだろうに」

「言い方が悪いっス」

「とは言っても事実だろ？」

「……まあ、そうですね」

確かにまあ仲が良かったわけじゃないし、なんなら昨日初めて会話しただけの関係だけどさ。

それにしてもこの人、意外と俺ら生徒のことをよく見ているんだよなぁ。

いい加減なように見えて、決して蔑ろにしているわけではないというか……。

こういうところも人気の一端なんだろうな、多分。

「生徒会の雑務が足りなかったので、会計である一ノ瀬ひよりの紹介の下、加入を頼みました」

「ああ、一ノ瀬か。我がクラスに生徒会役員が二人もいるなんて、なんともめでたい話だな。真面目な生徒ばかりで嬉しいよ、先生は」

甘原先生はヘラヘラとした態度でそう言ってのけた。

真面目な生徒と言われるのはありがたいけど、その態度も相まってなんだか素直に喜べない。

悪い先生でないことだけは確かなんだけどね。仕事もちゃんとしているし。

でもどうしても雑な対応に見えるんだよなぁ。

少なくとも俺に対する扱いは雑だね、間違いなく。

「……花城、なんかあたしに対して失礼なこと考えてないか？」

「いえ、全然」

「はぁ……お前、自分が思っているより考えていることが顔に出ていると思うぞ」

そう言いながら、甘原先生は持っていた手帳で俺のことを軽く小突いた。

だからひよりも俺の考えていることが読めるのかな？

だとするともうちょっと気を付けよう。毎度お仕置きされてたら体が持たないしね。

「ま、これまで生徒会役員は女子ばっかりだったし、ここらで力仕事を頼みやすい男の役員が入るのも悪くないだろ。頑張れよ、花城。雑務なんてろくな仕事ないんだからさ」

「一言余計にも程があるっス」

どうして生徒のやる気をそぐようなことを言うんだ。

「ははっ、冗談冗談。あい、んじゃ花城を生徒会役員雑務として登録しとくわ」

「はい、ありがとうございます。甘原先生」

「うい。……まあ仕事を頼みまくってるあたしたち教師陣が言うのもあれだが、あんまり無理し過ぎんなよ？　できないことはできないでいいから」

甘原先生が俺らから顔を逸らす。

こういう飾らないままの言葉は、素直にありがたい。

ほどよい距離感から与えられる優しさは、変に気合の入った応援よりもよほど染み渡る。

こんなに気遣い上手なのにどうして結婚できないのだろうか——俺は先生のノートパソコンに表示された婚活サイトを眺めながら思案する。

するとそれに気づいた先生が、勢いよくパソコンの画面を閉じた。

「……おい、花城。今お前が何を見ていたのか言ってみろ」

「あ……えっとその……現実、とかですかね」

「ぶっ殺すぞ貴様」

先生が殺すとか言っちゃ駄目だと思います！

それからなんやかんや言い訳をした後、俺たちは職員室を出る。

ひとまず、これで無事挨拶を済ませることはできた。

俺は無事に戻れることに安堵する。

――それにしても。

「ん？　どうした、夏彦。私の顔をじっと見て」

「あ、いえ。なんでもありません」

「？　そうか」

顔を見つめていたことがバレて、俺は少しばかり照れ臭くなる。

やはり人前で生徒会長として振る舞っている唯先輩は、俺が前から知っている唯先輩だった。

拍子抜けしなかったと言ったら嘘になる。

もう少し何か俺がフォローしなければならない事態が起きるんじゃないかと警戒していたんだけど、そんなこともなかった。

ただひよりたちの警戒している様子は、決して冗談やら大袈裟なものではなかったとも思う。

誰しも、人前ではそれなりの仮面をつけるもの。

そうして仮面で隠した裏側を、人は懸命に守りながら生きている。

もしかすると、甘原先生だって感じのいい先生という仮面をつけているだけかもしれない。

紫藤先輩も、双葉さんも、ひよりも。

他人には分からないような何かを抱えて生きているのかもしれない。

唯先輩という存在に出会い、なんとなく俺はそれを再認識した。

「……皆、大変なんだな」

俺は誰にも聞こえないよう、小声で呟く。

そんな風に何かを守っている皆のために、俺にできることはあるだろうか？

彼女たちに協力できれば、着ける仮面を持たない俺でも、何かを守っている気分になれるだろうか――。

第三章　無表情な後輩キャラは一癖ありがち

俺が生徒会の雑務になってから、あっという間に一週間が経過した。

雑務としての仕事は思ったよりも単純で、役員の皆にお茶を淹れたり、重い資料や荷物を運ぶといった本当の雑用ばかり。

俺としてはこの〝雑さ〟がとてもありがたく、ほどよい忙しさが日々を活性化してくれているとすら感じる。

それに何より――――。

「紫藤先輩、紅茶を淹れたんですけど、どうですか？」

「あら、ありがとう。いただいていいかしら？」

「喜んで。確か紫藤先輩はミルクだけ入れるんでしたよね」

「あら、よく覚えてるわね」

「そりゃもちろん。女性の情報は逐一頭に刻み込みますから」

「それはちょっと気持ち悪いわね……」

えへへ、照れるね。

俺は求められるがままに、カップに淹れた紅茶を注ぐ。

ふんわりとした茶葉の香りが室内に広がり、俺の鼻腔をくすぐった。

うん、だいぶ上手く淹れられた気がする。

初日はまだまだ下手くそで、香りも味もすごく薄味になってしまっていた。

それが今ではこの通り。何度も何度も試飲して練習した甲斐があったなぁ……おかげで練習した日はトイレが近くなり過ぎて苦労したけど。

「ひよりも飲む？　確かミルクと砂糖は二つだったよね」

「……もらうわ」

「了解！　双葉さんもどう？　ストレートで」

ひよりに次いで双葉さんにも紅茶を飲むか尋ねれば、彼女は肯定を示すべく一つ頷いてくれた。

なんて充実した時間だろう。

美少女たちが俺の淹れた紅茶を飲んでくれている。

そう考えるだけで、胸の中に幸せが溢れた。

いやぁ、本当に生徒会に入れてよかったなぁ！

「……なんか気持ち悪いわよ、あんた」

「ぐふっ」

拳よりもよほど威力の高い言葉の刃が、俺の胸に突き刺さる。

ひよりの言葉攻めには慣れているけれど、たまに飛んでくる〝マジレス〟はいつまで経っても確かな威力を持っていた。

「ひ、酷いよひより……」

「ごめん。でもなんか自分らの好みを把握されている感じがすごいむず痒くて」

「そりゃ俺はこの生徒会の雑務担当だからね。皆の仕事をサポートするために情報収集は欠かさないよ」

「情報収集って……じゃあウチについても詳しいわけ？」

「もちろん。小学生からの仲だしね」

「まあ、そうだけど」

俺はスマホのメモ帳を開き、そこに書いてあった文を読み上げる。

「えっと、俺と同じ年に生まれた十七歳。空手歴十年。好きな物は肉と正拳突き。嫌いな物は道端に捨てられた空き缶とかペットボトル。甘い物が好きというわけではないが、頭を使う作業や単純作業中は糖分の多い物を好む。成績はどれも悪くないが、体育の成績はずば抜けていい。スリーサイズは上から87・57・8――」

「何をメモってんだこのドアホっ！」

「ぶっ……！」

立ち上がりからノーモーションで放たれた回し蹴りが、俺の頭を捉える。

こんな狭い部屋で俺以外の物に当たらないように蹴りを放てるというのは、もはやさすがと言うしかない。

そんなひよりを称えるため、俺は壁に半分顔をめり込ませたまま親指を立てた。

「な、ナイスキック……」

「やかましいわ」

瞬時のツッコミと共に、ひよりは俺の手からこぼれたスマホを拾い上げる。

そして何やら操作した後、俺の方にそのスマホを差し出してきた。

「はい、ウチの情報は全部消しといたから」

「なっ……！」

「あんたが驚いていることにウチは驚いてるわ。スリーサイズなんて集めてんじゃないわよ。普通に気持ち悪いから」

「それはごもっとも」

俺は壁から抜け出し、スマホの画面に視線を落とす。

そこには確かにひよりの情報はなくなっていた。

まあ一度記憶した女性の情報は基本的に忘れないから、消したところであんまり意味ないんだけどね。

「……ちょっと、埃が舞うからあんまり暴れないで？」

「あ、すみません紫藤センパイ」

「まあ賑やかなのは悪くないけど……職務中はきちんと取り組まないと駄目よ」

「はい、気を付けます……」

紫藤先輩に怒られてしまった。

俺はひよりと共に頭を下げて謝罪する。

そう、こんなにわちゃわちゃしているが、今は生徒会として大事な仕事の真っ最中。

そろそろ夏休みが近づく学期末。これまでの情報を元にして、生徒会は来学期に向けてそれぞれの部活動の予算配分を検討しているのだ。

だいぶ生徒の枠を飛び越えた仕事だと思うけど、これがこの学校の伝統でもあるらしい。

「……すみません、紫藤先輩。一つ気になったんですけど」

「どうしたの？」

「その、唯先輩ってまだ来ないんですかね」

「……」

俺の問いかけを受けて、紫藤先輩の手が止まる。

今日はまだ我らが生徒会長である唯先輩の姿を見ていない。

ここ一週間で分かったことは、唯先輩は基本的にこの生徒会室から動かないということ。

それは紫藤先輩の言いつけでもあるようで、外に出る時は必ず俺らのうちの誰かを護衛のようにつけていくことが決まっている。

一人で歩かせるとボロが出る可能性があるという話は、まあその通りだと思う。

だからこそ、唯先輩がいないこの状況は、紫藤先輩にとって決していい状況とは言えないはずだ。

「一応、先生から頼まれごとをしたって話は聞いているけど……確かに来るのが遅いわね」

紫藤先輩の顔は不安そうだ。

頼まれごとの内容はなんだろう？

それが分からない限り、こっちもむやみに動きづらい。

「あの子の悪い癖なんだけど、一人で困っている時はそのまま一人でなんとかしようとしちゃうのよ……だから向こうから連絡がないのは仕方ないんだけど」

それから紫藤先輩は、スマホのメッセージアプリにて唯先輩に現在地を問うチャットを送った。

待つこと一分ほど。紫藤先輩のスマホから、メッセージアプリの通知音が鳴る。

唯先輩から返信が届いたのだろうか？

スマホを確認した紫藤先輩は今まで以上に顔をしかめ、そして息を吐いた。

「……はぁ」

「唯先輩からですか？」

「ええ。どうやら資料室の整理を任されたみたいなんだけど、頼んだ先生とは違う先生が部屋の鍵を外からかけちゃったみたいで、部屋から出られなくなったようね」

「え？　内鍵だってあるはずじゃ……」

「それがあの資料室、中の鍵が壊れちゃってるのよ。基本的にあの部屋は中から鍵をかける必要性はほとんどないから、修理もずっと前から後回しにされていたみたいね……」

「ああ、なるほど」

なんたる不運。

いや、こういった不運にぶち当たることも、唯先輩が持つ特性だったりするのだろうか？

資料室とは、主に進路に関わる物や部活動の成績、それこそ予算についての情報がまとめられている部屋。

生徒会役員は割と入る機会があるようだけど、少なくとも一般生徒の俺はこれまで一度も入ったことがない。

「……仕方ないわね。花城君、それと椿姫ちゃん。もし手が空いているようなら、救出に向かってくれないかしら？　周りの生徒や先生方にはあの子が閉じ込められていることを知られないように」

「俺は大丈夫ですけど……」

俺の仕事はここにいる人から何かを頼まれないと始まらない。

だから先約がない限りはいつだって動ける。

問題は書記として様々な記録を残さないといけない双葉さんの方だけど――。

「私も大丈夫です。動けます」

「ありがとう、二人とも助かるわ」

紫藤先輩はホッとした様子で胸を撫でおろしている。

俺はなんとなく疑問に思ったことがあり、彼女に向けて問いかけることにした。

「あの、紫藤先輩。こう言ってはなんですけど、閉じ込められた唯先輩の救出くらい俺だけでも大丈夫なんじゃないですか？　双葉さんの手を煩わせるのもどうなんだろうって……」

「花城君の意見はごもっともなんだけど、まだあなたは唯の起こしたトラブルに対する経験が浅いでしょう？」

「ええ、まあ……」

「できれば、最初は私たち他の役員の対応を見て学んでほしいの。こういうほどほどのやらかしから少しずつね」

「なるほど、そういうことなら」

紫藤先輩としても、ノウハウの分かっていない新人にいきなり唯先輩のことを任せるというのには不安があるのだろう。

仕事における新人研修のようなものだ。

年齢的には俺が先輩だけど、生徒会役員としては双葉（ふたば）さんの方が先輩。

ここは指示に従って、彼女から一つ学ばせてもらうとしよう。

「じゃあ、よろしくね、双葉（ふたば）さん」

「はい、こちらこそ」

生徒会の〝裏仕事〟。

これから心してかかることにしよう。

双葉（ふたば）さんと共に生徒会室を出て、資料室へと向かうその道中。

仕事に対し強い意気込みを持っていた俺だったが、自分を取り巻く妙な状況に困惑を隠せなかった。

「……あの」

俺は振り返り、数メートル後ろにいる双葉（ふたば）さんに声をかける。

「どうしてこんなに距離が空いてるのかな……？」

「すみません。先輩には失礼かと思いましたが、ひより先輩よりあなたとは距離を置くようアドバイスをいただいてまして」

双葉さんは悪びれもなくそう告げた。

「えっと、ちなみにどんなアドバイスか聞いてもいい？」

「花城先輩は近くにいるだけで周囲の女性を妊娠させるほどの変態なので、長時間側にいてはいけないと」

「あまりにも規格外過ぎるよね、その能力」

ひよりめ、俺が双葉さんに対してセクハラを働くと勘繰って予防線を張っていたな？

失礼な奴め。俺だって時と場合、それと相手のことは考えるよ。

ここはビシッと否定しておかなければならないだろう。

「あはは、やだなぁ。俺はそんな変態じゃないし、触れただけで命を生み出すほど高貴な存在ではないよ。ひよりの言っていたことは全部嘘――」

「あのひより先輩が嘘をついていると？」

「ああ、思ったより面倒臭いタイプの後輩ちゃんだったかぁ……」

もの凄い形相で詰め寄ってくる様は、まるで荒ぶる獣のよう。

ひより（般若）にはまだ及ばないものの、十分怖い。

「……ですが、確かに思ったよりも猶予はありそうですね。これだけ近づいても私の体には変化がありませんし」

「そりゃ物理的にあり得ないんだからさ……」

「なるほど、つまりはひより先輩のお茶目な冗談だったということですか」

お茶目な冗談にしては中々ハードな内容だと思うんだけどね。

こうして会話をしていると理解できるんだけど、この子も大概な気がする。

唯先輩ほどじゃないけれど、自分独自の世界観を持っている感じだ。

改めて、俺の知っている双葉椿姫という人間と目の前にいる彼女を照らし合わせてみる。

小柄で可愛らしく、そして無口。

一年生の教室にいる時は基本一人で誰とも会話せず、必要な時のみ口を開くとのこと。

昼は基本的に購買に売っている物を食べているようで、小さい口でちまちまとパンをかじる姿は小動物みたいで可愛らしいと男女共に注目されているらしい。

そういった面から恋愛的な意味でも人気が高いようで、まだ入学して二カ月ほどだが何度か男子から遊びに誘われている姿が目撃されている。

この情報はどうやって仕入れたかって？　そんなの有名人の情報って意外と学校中に広まっているものなんだよ、ワトソン君。

もちろん一年生だから情報量はまだまだ少ないけどね。

しかしそう考えると、唯先輩の情報って知名度の割にあまり出回っていない気がする。

ずっと紫藤先輩が守り続けていたからだろうか？

少なくとも悪い噂は一つも聞いたことがないし、あの人たちの努力が実を結んでいるのだろう。

「そうと分かれば怖い物はありません。早く会長を救出しましょう、花城先輩」

「振り回すねぇ、先輩を」

まあ女子の尻に敷かれる分にはまったくもって構わないんだけどね。

というわけで俺らは、間もなく唯先輩が閉じ込められているであろう資料室の前に到着した。

資料室前の廊下には、放課後でもまだそれなりの人気がある。

ここで迂闊なアクションを取れば、唯先輩が閉じ込められていることが周りにバレてしまうかもしれない。

けどまあ……正直警戒し過ぎな気もする。

資料室の中に閉じ込められてしまうなんて話は別に鍵の仕様を知っていれば理解できることだし、正面から堂々と助け出せばいいと思うんだけど――――。

という疑問をこぼしてみたところ、双葉さんはすぐに首を横に振った。

「こういう時は、しれっとした態度で会長を救出しなければなりません。仮に閉じ込められた旨を説明して鍵を手に入れた場合、先生方に中でやましいことをしていると思われたら危険ですから」

「……そんな発想浮かぶかなぁ、普通」

理屈が通ってないもんね、まず。

「鍵のかかる部屋に一人でいたら、普通はやましいことをしていると思われるのでは？」

「思わないね、俺なら」

ラブコメの体育倉庫よろしく、男女で閉じ込められているというのであれば話は別だけど。

「……思いませんか？」

「君なら思うの？」

「……」

双葉さんは顔をほんのり赤くして黙ってしまった。

そっか、思うんだね。

無口な後輩の意外な一面を見てしまった気がするよ。

「まあ大丈夫だよ。いやらしいことを考えてしまうのは俺たちの年齢なら当然の――」

先輩としてフォローを入れようとした俺の言葉を遮り、双葉さんの拳が眼前に突きつけられる。

「すべて忘れていただけますか？」

「は、はい……」

この迫力、さすがはひよりの後輩といったところか。

ちびるかと思った。

「ひとまず、なんとか別の理由で資料室の鍵を借りて、外から開けましょう」

「うん、そうだね」

話を逸らされたので、とりあえず流れに逆らわないようにしてみる。

要は中に唯先輩がいるとは知られないまま、彼女を外に出すことができればいいわけだ。

一人で閉じ込められたなんて話をしても、唯先輩が中でいやらしい————じゃなかった、やましいことをしているとは絶対に誰も考えないと思うけど、可愛い後輩の方針には大人しく従ってあげたい気持ちがある。

ここは可愛くてムッツリな後輩に免じて、俺が一肌脱いであげよう。

脱ぐと言ってもセクハラじゃないよ、決して。

「さて……」

鍵を手に入れるという正攻法を使うなら、まずは職員室に行かなければならない。

そして必要になるのは、鍵を借りる正当な理由。

最初は、唯先輩が中に忘れ物をしたから取りに行かせてほしいという理由を使おうと思ったのだが、すぐこの理由に関する欠点に気づいた。

〝八重樫唯は忘れ物などしない〟

この学校にいる人間は皆そう思っている。

――んなわけあるかいと俺は思うのだが、実はあながち否定もできない。

まず唯先輩が家で取り組む課題を忘れるなんてあり得ない。この理屈は多少なりとも理解できる。課題は成績に直結する大事な要素だし、それを生徒の模範であるべき彼女が疎かにするはずがない。

ここで問題になってくるのは、生徒会長としての真面目さに関わってくる部分。

普通の教室ならともかく、大事で様々な個人情報が凝縮された資料室に忘れ物をしてしまうような人間が、果たして生徒会長でいいのか。

いいだろ別にって思うよね。俺もそう思う。

でも一パーセントでも唯先輩を疑う人間が現れる可能性があるなら、それを避けなければならないのが俺の使命だ。

ここで変に妥協するわけにはいかない。

「どう言い訳しようか」

「こういう時は素直に資料室に用があると先生方に伝えるのが一番です。大体はそれで解決します」

「大体って……こういうパターンってよくあるんだ」

「はい、もちろん。資料室に閉じ込められるパターンも私が生徒会に入ってから二度目ですし、前は体育倉庫に閉じ込められていました」

体育倉庫とはなんと王道な。

主人公とヒロインが体育倉庫に閉じ込められて仲が深まるというのはラブコメのよくあるパターン。

しかしながら単独で閉じ込められるという話はほとんど聞いたことがない。

なんとロマンのない状況だろう……。

「じゃあ……行こうか」

「はい」

俺は双葉さんと共に、職員室に足を踏み入れる。

こういう時に声をかけやすいのは、やはり見知った顔。

一旦生徒会に関わりのある先生——つまりは甘原先生を探してみる。

すると俺が唯先輩と挨拶に来た時と同じように、彼女は自分のデスクに腰掛けていた。

どうやらパソコンをいじっているようで、近づくにつれモニターに映っているものが明らかになっていく。

〝まだ間に合う！　二十代後半女子必見の男性オトシテクニック！〟

「……」

おっと、見てはいけないものだった。

「甘原先生」

「おわっ⁉」

容赦なく双葉さんが話しかけたことによって、甘原先生の肩が跳ねる。

とっさにノートパソコンを閉じるが、先生、もう手遅れだ。

「……見たか？」

「前にも見ましたよ」

「よし、お前を殺してあたしは逃げよう」

「せめて一緒に死んでくれるなら受け入れたのに……」

教師と生徒の禁断の恋から逃避行。なんて素敵な響きだろう。

「気色悪い奴だなぁ、お前」

「絶対教師が言っていい言葉じゃない！」

傷ついた！　普通に！

「まあいいや……で、お前ら今日はなんの用だ？」

「資料室にある去年の部活動予算案を見たいので、鍵を貸していただけないでしょうか」

「あー、なるほどね」

すんごいまともな理由を突き付けたな、双葉さん。

鍵のかかる部屋に一人でいたらやましいことをしているのではないかと想像しちゃう子とはとても思えない。

「よし、んじゃ行くぞ」

「……え？」

「ついでにあたしもついてくわ。ちょうど進路指導に必要な資料を取りに行かないといけないところだったし」

「っ⁉」

おっと、これはさすがに予想外。

甘原先生がついてきてしまうとなると、唯先輩が閉じ込められているという事実を隠し切れなくなる。

なんたって扉を開ければそこにいるのだから、誤魔化しようがない。

さて、どうするべきか。

そっと双葉さんに目配せすると、彼女もアイコンタクトを返してきた。

まずい事態になっていることは共通認識。今更こちら側の頼みを取り下げるというのも不自然だし、俺らがここで退き下がったところで甘原先生は一人でも資料室に行ってしまう。

意外と楽に鍵が手に入りそうだと思ったところにこの事態。

ぶっちゃけ、俺らのやっていることはとてもくだらないことだと思う。

俺にはどうしたってそんな簡単に不信任決議案が出るとは考えられない。

だからここで甘原先生にそのまんま事情を話せばいいと思うし、必死こいて誤魔化すようなことでもないと思っている。

でも、紫藤先輩やひより、そしてここにいる双葉さんが必死に隠そうとしていることを、どうして男である俺が最初に諦められるだろう。

「鍵は……っと」

職員室の壁にかけてある鍵を手に取った甘原先生は、そのまま俺らについてくるよう手招きをした。

俺と双葉さんは一旦大人しくそれに従うことにする。

さて、いよいよどうするか。

このままでは資料室に入った途端、甘原先生と唯先輩が顔を合わせてしまう。

「……こうなれば仕方ありません」

甘原先生の後ろを歩きながら、双葉さんは小声で話しかけてきた。

「何か案があるの？」

「一瞬で甘原先生の意識を奪います。拳で」

「絶対駄目です」

そんなことできるわけがな——いや、できるかもしれないな、赤き死神こと一ノ瀬ひよりの後輩だし。

確かにあれだけの技があれば、甘原先生の意識を刈り取ることぐらいはできるだろう。

……多分。

「私が甘原先生の意識を奪ったら、鍵を持って資料室に行ってください。その間に私は先生を保健室に連れて行きますので」

「……申し訳ないけど、その案は採用できない」

「何故ですか？　こうでもしなければ状況の打破は――――」

「理由は二つ。一つは甘原先生が女性であること。いくら手を下すのが双葉さんとはいえ、俺は女性に対する暴行に関わったことになる。それは俺のポリシーに反する。相手が男だったら容赦なくどうぞ」

「男性だったらいいんですね……」

そりゃもちろん。男に対する情などない。

「二つ目。それは君も女性であること」

「……？」

「女の子の手はいつだって〝綺麗〟であってほしい」

この綺麗という言葉は、決して見た目の話ではない。

もちろんシミ一つない手は美しいし、素晴らしいと思う。

でも俺からすれば水仕事で荒れた手も、武道などに関わったことでタコだらけになった手も、すべて等しく美しい。

何故ならどれも女性の手だから。理由なんてそれだけだ。

「だからこそ、君の手を軽率に暴力になんか使ってほしくない」

スポーツの範囲から外れた、ルールに沿わない暴力。

俺はそれを綺麗だとは思わない。

「双葉さんのこの小さくて可愛らしい手は、もっと別のことに使おうよ」

そう言いながら、俺は双葉さんの手を取る。

「……なるほど、こうしてひより先輩を口説き落としたんですね」

「君は俺とひよりをどういう目で見ているのかな？」

俺らは付き合っているわけじゃないよ、一応伝えとくね。

あとひよりの俺に対する暴力は、すべてじゃれ合いです。

多分俺じゃなかったら死んでるけどね。

「……しかし、気絶させないのであれば他にどうするつもりですか？」

「簡単な方法が一つあるよ」

「え？」

誰の手も汚さない簡単な方法、それを俺は思いついている。

訝しげな双葉さんを残し、俺はさりげなく甘原先生の隣に移動した。

「甘原先生」

「んあ？　なんだよ」

「甘原先生ってどんな男性がタイプなんですか？」

俺の問いを受けて、甘原先生の顔が固まりかける。

「……それを聞いたからってなんなんだよ」

「え？　普通気になるじゃないですか。甘原先生ってすごい美人だし」

「びじっ――――」

追撃の言葉によって、甘原先生は今度こそ完全に固まる。

予想通りの反応だ。

婚活サイトの一件を踏まえて、おそらく甘原先生は異性に対する経験値が低い。

コミュニケーションを取ること自体に滞りはないが、少なくとも恋愛模様が絡んでくると上手く立ち回れなくなるのではなかろうか。

「美人教師って本当にいるんですね。漫画とかの世界だけの話かと思ってましたよ」

「っ！」

「大体、教師っていうところがまず反則ですよね。綺麗な人に勉強を教えてもらえるってだけでなんだか集中できちゃいますし」

「うっ……そ、そうか？」

「そりゃもちろん！　知ってました？　甘原先生って学校中の男子からめちゃくちゃ人気なん

ですよ？　もちろん女子でも先生に憧れてるって人はいますけど」

「なっ……あ……」

「よく見ると肌も髪も綺麗ですし、魅力的ですよね。毎日ケアしてるんですか？」

「も、もうやめ――――」

「はぁ……もう少し俺の生まれが早かったら甘原先生の旦那さんに立候補できたのに……すごい残念です」

「ううっ……ううううううぅぅぅぅぅうう！」

赤くなった甘原先生の顔から、ぷしゅーっと湯気が上がる。

そして彼女はその場に立ち止まり、のぼせたかのような顔のままフリーズした。

「作戦成功っと」

しっかりと意識もフリーズしていることを確認した後、俺は甘原先生が持っていた資料室の鍵を奪う。

ちょっと上手く行き過ぎたかな。とりあえずまあ思惑通りに事が進んでよかった。

「甘原先生……どうなったんですか？」

「想像以上に口説かれ慣れていなかったみたい。照れ過ぎて頭がフリーズしたんだろうね」

「罪な男ですね、花城先輩」

「そんなに褒められても何も出ないよ」

「あんまり褒めていません」

「ありゃ……」

軽口を叩きながら、甘原先生を通行の邪魔にならないよう廊下の隅に寄せておく。

どれくらいフリーズしててくれるかな？　まあ数分あれば十分だけど。

まるで詐欺師になったような気がして、少しだけ後ろめたい。

一応言っておくと、俺は最初から〝照れ殺し〟を狙っていた。

ただ勘違いしてほしくないのは、甘原先生に伝えた言葉たちはすべて本心であるということ。

俺から見た甘原先生はとても美人だし、同世代だったら本当に好きになっていると思う。

男子からも女子からも人気というのは本当だし、今の会話に一つとして嘘はない。

とはいえ後で謝ろうね。

「花城先輩は年上が好みなのですか？」

「え？　いや、そういうわけじゃないよ。女性を大事にするって気持ちは強いけど、恋愛対象とかになるとまた別だし」

「ほう……つまり抱ける女と愛する女は違うということですね」

「あれ？　今俺と双葉さんって会話してる？」

まるで小難しい勉強をしているかのような態度で、双葉さんはうんうんと頷いている。

まあいっか。彼女の中で何か学びを得ることができたなら。

たとえそれがえっちな知識であったとしても、知識であることには変わりない。

「よし、じゃあ唯先輩を救出しよう」

「はい」

俺らはそのまま資料室に向かい、そっと鍵を開けて中に入った。

「唯先輩、助けに来ましたよ」

「おお！ 来てくれたのか」

部屋に入ってきた俺らを、唯先輩が迎え入れる。

――何故か下着姿で。

「ぶふぉ」

俺は思わず吹き出し、とっさに目を覆う。

女性の下着姿をジロジロと眺めるのは、まるで品定めでもしているかのようで失礼だ。

紳士である俺は、どんなに魅力的な体を前にしても視界を閉じることができる。

それに一瞬でも猶予があれば、脳に焼きつけることができるしね。

みんなには内緒だよ。

「会長、何故下着姿に……？」

「ああ、ここは三階だろう？ だからなんとか部屋にあるものだけで窓から外に脱出できないか試していたのだが、どうにも布が足りなくてな」

「なるほど、それで服を」

「結局ワイシャツを使っても足りなかったが……それでもカーテンを使って少しは稼げたし、途中からなら飛び降りられるかもしれんと思って外に飛び出そうとしていたんだ。ただ、お前たちのおかげで危険を冒す必要はなくなったぞ。感謝する」

「いえ、本当に間に合ってよかったです。しかし、ひとまずワイシャツを着た方がよろしいかと。ここには花城先輩という男性もいますので」

「おっと、そうだな」

しばらくの間、衣擦れの音が響いていた。

そして隣にいた双葉さんに肩を叩かれた俺は、恐る恐る手を退ける。

「すまなかったな、夏彦。見苦しいものを見せた」

「見苦しいだなんてそんな！　むしろずっと見せてほしいくらいですよ！」

「ふっ、そんな風に言われると悪い気はしないな。だが私が先輩だからって無理にお世辞を言わなくてもいいんだぞ？」

「そんな、お世辞なんて……」

ワイシャツを着直した唯先輩は、ドヤ顔で胸を張っている。

思ったのは、意外と唯先輩は自己肯定感が低いということ。

確かにポンコツはポンコツだと思うし、普通ワイシャツやらカーテンやらを使って窓から脱出なんて考えないと思うけど、外見、そして勉学やスポーツに長けた人生を送ってきたのなら、ある程度ナルシシズムを感じてもおかしくない気がする。

そこがチグハグなのだ。

謙遜であればまだしも、唯先輩の口からは本音ばかりが飛び出しているように思える。

一言で表すのであれば、不思議な人。

本当にそれ以外の言葉が出てこない。

あ、訂正。美しき不思議な人にしておこう。

「ともあれ、本当に助かったぞ、お前たち。そろそろ戻ろうか……アリスが怒っているだろうし」

「あ、じゃあ俺ここの鍵かけて職員室に戻してきます。二人は先に戻っててください」

俺がそう告げると、双葉さんがギョッとした顔をした。

「まさか先輩……一人で資料室に残って……」

「何を妄想しているのか分からないけど、俺も一緒にここを出るからね？」

あと双葉さんは資料室をなんだと思っているんだろう。

少なくとも俺はここで何かを致そうと思えるほど性癖は捻じ曲がっていない。

「ああ、よろしく頼む」

「はい！」

二人と共に資料室を出た俺は、その扉に鍵をかける。

あれから甘原先生はどうなっただろうか？

自分のせいでフリーズさせてしまったわけだし、一応その辺りもカバーしにいかねば。

そう思って職員室へと体を向けると、突然俺のワイシャツが後ろから引っ張られる。

振り返れば、そこにはシャツの端を指で摘まむ双葉さんの姿があった。

「どうしたの？」

「……先ほどの甘原先生への対応は、私にはできないものです。なのでお礼を言わせていただきたく思いまして」

律儀な子だな。こういうところはひよりも同じだし、もしかすると二人が通う空手道場の教えなのかもしれない。

いいなぁ武道。やっぱり礼儀が身につくっていうか、普段から背筋が伸びるよね。

「役に立てたならよかったよ。一応学年的には俺の方が先輩だし、可愛い後輩におんぶにだっこっていうのは申し訳なかったからさ」

「可愛い後輩……なるほど、こういう言葉でひより先輩を虜にしたんですね」

「だからしてないって……」

ひよりが近くにいたりしないよね？

俺は不安になって周囲を見渡すが、ひとまず近くに彼女の姿はなかった。

「ですが……ひより先輩の気持ち、少しは分かる気がします」

「……」

わずかに微笑みを浮かべた双葉さんの可愛らしさに、思わず心臓がドキッと跳ねた。

表情の変化が乏しい女の子がたまに笑ったりすると、すごくグッと来る。

この顔を見ることができるのは自分だけだといいなって思っちゃうよね。

それにしても、と。俺は思ったことを素直に口に出す。

「思ったよりも話してくれるんだね、双葉さん」

「？　どういう意味です？」

「いや、噂程度だけど、すごい無口な人って聞いてたからさ。でも意外と話しかけてくれて、俺としてはめちゃくちゃ嬉しいよ」

「……」

俺の発言を受けて、双葉さんは何故か考え込むような様子を見せた。

「……確かに、必要以上の会話はあまり得意ではありませんね。疲れてしまうので」

「極限までカロリー消費を抑えてるね……」

「はい。なので話したいと思った人としか基本的には話したくないんです」

「え？　じゃあそれって――」

「お時間失礼しました。では、また後で」

双葉さんは俺のシャツから手を離し、唯先輩と共に生徒会室へと戻っていく。

どうやら少しは双葉さんに気に入ってもらえたらしい。

っと、女子に慕われたことでホクホクしている時間はない。

俺は鍵を持って、職員室の方へと戻る。

道中、甘原先生を置いてきた場所を通ったのだが、すでにその姿はなかった。

「失礼します」

声をかけてそのまま職員室へと入ると、いつもの席に甘原先生の姿はあった。

無事な姿を見て、俺は少しホッとする。

思ったよりも早く動けるようになってよかったね、本当に。

「甘原先生……えっと、大丈夫ですか？」

「……ん？　ああ、だいじょうぶ」

一旦先ほどの一件のケアをしておこうと声をかけてみたのだが、どこか様子が変だ。

なんか、ふわふわしているというか、酔っているかのような雰囲気がある。

「あの、鍵ありがとうございました。それで用事が終わったので返しに来たんですけど……」

「ああ、そうか、ごくろうさ――――っ⁉」

「……？」

鍵を渡す際、俺の手と甘原先生の手が少し触れた。

その瞬間、彼女の体が大袈裟に跳ねる。

「あ、ああ……確かに受け取った。生徒会の仕事ご苦労さん」

「……ありがとうございます。じゃあ、仕事に戻りますね」

「おう！　頑張れよ！」

本当にどうしちゃったんだろう、この人。

めちゃくちゃテンパっているのが目に見えて分かる。

多分さっきの俺が原因なんだろうけど、正直教師に向かって失礼な口を利いたし、怒られても仕方がないと思っていたから、変に拍子抜けしてしまった。

「――――なあ、花城」

「はい？」

呼び止められて、俺は振り返る。

甘原先生はどういうわけか、俺のことを潤んだ瞳で見つめていた。

「あたし、年下でも大丈夫だから」

「……あ、そうですか」

俺はそそくさと職員室を後にする。

どうやら俺は、後輩の前で格好つけるためだけに、とんでもない獣を呼び覚ましてしまったようだ。

第四章　アイドルにウラがあるワケない！

「ふぅ……今日はここまでにしましょう」

紫藤先輩の言葉で、生徒会室の張り詰めた空気がふわっとほどける。

夏休みまであと二週間といったところ。

今日皆が取り組んでいたのは、先生から押し付けられ——じゃなかった、頼まれた書類制作だった。

保護者用の連絡事項がまとめられている書類などの制作も、生徒会の仕事の一つ。

これの他に隔週で発行される生徒会便りも制作しなければならず、ここ数日の生徒会はだいぶ忙しそうにしていた。

ちなみに俺は、書類の制作自体には参加していない。

完成したデータを印刷しに走ることはあるけれど、皆が仕事しやすい環境を維持することが基本的な俺の仕事だ。

「ねぇ、唯。忙しさは去年と同じくらいかしら？」

「いや、今日みたいに少し早く終われる日もあるし、去年よりも仕事の進みは早いと思う。優秀な人材が集まってくれたおかげだな」

「そうね」

俺ら後輩の前で、紫藤先輩と唯先輩はそんな会話をしてくれた。

現在三年生である二人は、二年生の頃からすでに生徒会役員として活躍している。

その時も会長と副会長だったため、現状二年連続で生徒会に属していることになるはずだ。

それだけでもすごいことなのだが、ここにもう一つ注目どころを付け足したい。

まず会長選挙が行われるのは二学期の終わり、冬休み前。

つまり二年連続で生徒会長を務めている唯先輩は、一年生の三学期から今の立場にいるということ。

一年生の時点で全校生徒の支持を得たそのスター性には、もはや感服するしかない。

「……あれ？」

その時、俺の頭にとある疑問が浮かんだ。

「む、どうした夏彦」

「ああ、いえ……そういえば去年の生徒会メンバーってどういう感じだったんだろうって」

俺らが一年生として入学した時、すでに唯先輩は生徒会長で紫藤先輩は副会長だったわけだけど、その周りにいたであろう他のメンバーの顔がまったく出てこない。

ひよりが生徒会に参加することになったのは、昨年度末辺り、一年生の二月頃からだったはず。

それまでのメンバーは、一体どうしていたのだろうか。

「今更の疑問だな。去年の生徒会役員なら、私とアリスだけだぞ」

「へぇ、二人だけだったんですね――――え？」

ちょっと待ってほしい。今この人変なこと言ったぞ？

何かしらのポンコツが発動してしまったのかと思い、俺は紫藤先輩を見る。

しかし紫藤先輩は唯先輩の発言を否定せず、苦笑いを浮かべていた。

「嘘みたいに聞こえるけど、本当の話なの。私たちが二年生の頃の生徒会は、会長の唯と、副会長の私だけよ」

「ど、どうしてそんなことに……」

「……誰が敵で、誰が味方か分からなかったのよ」

「あー……」

紫藤先輩は、そこにあった苦労を想起している様子で目を細めた。

唯先輩のポンコツを隠すために、当時もあらゆることに気を遣わなければならなかったのだろう。

ひよりや俺のように先に秘密を知ってしまったパターンならまだしも、一年目の紫藤先輩に人の精査をさせるのはだいぶ酷な話だ。

双葉さんが参加したのも、その一年目の経験を活かした選択だったのだろう。

「……っていうか、それに対して先生って何も言わなかったんですか？」

「散々言われたわ、さっさと役員を揃えろって。でも手が足りないからって軽率に人を増やせる状況じゃなかったから、全部完璧にこなして黙らせるしかなかったの……」

「とんでもない力業じゃないですか……」

「結局のところそうなった原因は、一年生で生徒会長になった唯に嫉妬する上級生が多かったことが大きいわ。引きずり落とそうって意志を毎日ひしひしと感じていたもの」

それは確かにもう仕方がない話。

生徒の中には、会長になって大学への推薦をもらったり、今後の人生の役に立てようと考えていた人間もいただろう。

その枠を後輩に取られたとなれば、攻撃的になる気持ちも少しは理解できた。

なんたって自分たちにはあと一年しかないけど、唯先輩たちにはもう一年あったはずだし。

「……まあ、三年生になった今でも、そういう連中の気配はするけどね」

「あれ……？　もしも唯先輩が生徒会長の座を降りることになったら、今の三年生って選挙に参加できるんでしたっけ？」

「ええ。途中からでも再選挙に勝ちさえすれば、この年度は生徒会長として活動していたことになるわ」

紫藤先輩がため息をつく。

現生徒会長を引きずり落としてまで自分が成り上がってやろうなんて輩は、少なくとも一年生、二年生の中には大していないと思う。時が経てば唯先輩は卒業し、自分たちが生徒会長になれるチャンスは来年の方が多いわけだから。

まあゼロではないだろうけど……。

となるとこの話で特に躍起になっているのは、卒業が迫っている三年生たち。

この学校の生徒会長という輝かしい経歴を得るために、唯先輩の立場を狙っている輩がいてもおかしくない。

ともかく、唯先輩と紫藤先輩——今となっては俺たちも、どこに野心を抱えた敵がいるか分からない状況というわけか。

「脅す形で参加させた私が言うのもあれだけど、皆の存在はとても助かっているわ。本当にありがとうね」

「そんな……最初はどうしたもんかと思いましたけど、今となってはウチもやり甲斐を感じられているんで、気にしないでくださいよ」

紫藤先輩のお礼に対し、ひよりは照れた様子で頬を掻いた。

俺の感覚でしかないけれど、八重樫唯の秘密を守るという目的意識が、ここにいる人たちの絆を深めるための大きな要因になっている気がする。

そこに俺も馴染めているのかは正直分からないけれど、少なくとも居心地は悪くない。

もっと皆に信頼してもらえるように、俺もこれからもっと貢献できるように頑張ろう。

「っと、ウチと椿姫は今日道場に行く予定なんで、先に失礼します」

「そうか、ではまた明日な」

「はい、お疲れ様です」

ひよりは双葉さんと共に教室を後にした。

「えっと……雑用の仕事も今日はもうないですか？」

「ええ。私たちはこの後少し先生に進捗を報告して帰るから、花城君はこのまま帰ってもらって大丈夫よ」

「そうですか。じゃあ俺も失礼しますね」

「今日もありがとう、花城君。また明日ね」

「はい！」

美しき先輩からの〝また明日ね〟を受けて、俺のテンションはうなぎ上りだ。

まあ、テンションが上がったところで今日はもう帰るだけなんだけどね。

さて、特に寄り道したい場所も思いつかないし、ひとまず真っ直ぐ帰路につこう。

生徒会室がある廊下から離れ、俺は正門へと向かう。

時間としてはちょうど部活動真っ只中といった感じで、そこら中から活気のある運動部の声が聞こえてくる。

何の部活にも所属していない俺は、たまにその熱が羨ましいと感じることがあった。

夢中になれることがある——それは素晴らしいことだと俺は思う。

趣味や夢を持つことは、人生を豊かにしてくれるはずだ。

そういう観点で言えば、今の俺は相当イキイキしているのではないだろうか？

表向きは、生徒会に属して学校のために時間を使う真面目な学生だ。

……まあ属することになった理由は決して正規ルートとは呼べないし、きっかけは結局下着の有無が気になっただけという胸を張って言えないものだけど。

だけど、別にそれでもいいじゃないか。

今は使命感を持って働くことができている。そんなしがない生徒の裏側のことなんて、言わなきゃ誰にも気づかれやしない。

「……あれ、花城君？」

「ん？」

物思いに耽っていた俺に、突然後ろから声がかかる。

振り返った先にいたのは、髪を金髪に染め垢ぬけた様子を見せる少女だった。

「え、榛七さん⁉」

俺の方に近づいてくる彼女の姿を見て、思わずたじろぐ。

一応言っておくけど、彼女に対して動揺したわけではない。

その後ろについてきている、十人くらいの男子に対して動揺したのだ。

「あ、ごめん皆。今日はクラスメイトと帰るから、一緒に帰るのは別の機会でもいい？」

「え⁉　そ、そんなぁ……今日は俺たちとカラオケって約束じゃ――――」

「本当にごめん！　すぐ埋め合わせするから、許してくれないかな……？」

潤んだ瞳で、彼女は男子たちに謝罪する。

その整った容姿から放たれる潤んだ目の輝きは、あらゆる男から抵抗する気力を奪ってしまうほどの威力があった。

案の定男子たちはあっという間に骨抜きにされ、不満そうな顔はいつの間にかデレデレしたものに変わっている。

「は、榛七ちゃんがそう言うなら仕方ない……！　今日は諦めるよ！」

「ありがとう！　絶対埋め合わせするから！」

「うん！　いつでもいいからね！」

男子たちがぞろぞろと解散していく。

そして改めて彼女は俺の方へと歩み寄ってきて、隣に並んできた。

「奇遇だね、花城君。せっかくこうして校門前で会えたんだし、駅まで一緒に帰らない？」

「べ、別にいいけど……今の男子たちは？」

「ああ、サッカー部の人たちだよ。なんか別々にカラオケに行かないかって誘われたんだけど、せっかく皆目的が一緒なんだから同じ日にまとめて行けばいいじゃん！　って思って声かけたら、あんな人数になっちゃった」

榛七さんはそう言いながら、お茶目に笑った。

（さすがは学校一のモテ女といったところか……）

彼女は榛七ルミ。俺のクラスメイトであり、皆からはハルルという愛称で親しまれている。

クラスカーストというものがあるとしたら、間違いなくトップに位置している存在。

具体的に言うと、文化祭の出し物で悩んでいる時に榛七さんが一つ希望を言えば、全員がそれに賛同するレベルの地位を持っている。

当然、男子からの人気は絶大。二年生の中では間違いなくダントツだ。

その理由としては、もちろんビジュアルがいいことは間違いないものの、それ以上に誰が相手でも距離が近いという点が挙げられる。

さりげないボディタッチだったり、間接キスを気にしなかったり。

あれ？　もしかしてこいつ俺のことが好きなんじゃね？　と思わせてくる天才なのだ。

そうして勘違いした男子たちからの告白は後を絶たないらしく、撃沈した者の噂は毎週のように流れ込んでくる。

果たしてそれが彼女の狙い通りなのかどうか。

確かにこうして並んで歩いている時ですら、時たま肩がぶつかりそうになる瞬間がある。

なんとなくそれが心臓を高鳴らせ、変に意識してしまうのだ。

まさか、これらもすべて計算だったりして……。

いや、そうだったとしても、俺の心はこんなことじゃ揺るがない。

何故(なぜ)なら最近美少女たちに囲まれている時間が長いからね。耐性がついてきているのさ。

「あ、ごめん」

「ふぇ!?」

隣にいる榛七(はるな)さんの手が、俺の手に一瞬当たる。

やばい、ドキドキしてきた。

駄目だ、この人は耐性を貫通してくる……！

「花城(はなしろ)君ってさ……なんだかちょっとミステリアスだよね」

「え、え？」

思わぬ言葉をぶつけられ、俺の口から間抜けな声が漏れる。

「クラスの子と話していても、こう無難にやり過ごしているというか……深く入ろうともしないし、入らせようともしないっていうか」

「……」

クラスの人気者が、意外と俺のことをよく見ていて驚いてしまった。

なーんて、こういうところで男子を勘違いさせるのだろう。

俺は騙されない。フラれると分かっている恋なんてごめんだからね。

「だからあたし決めてるんだ。花城君と仲良くなって、心を開いてもらおうって。そうしたら他の人は知らない秘密の関係みたいになって、何だか楽しそうでしょ？」

悪戯っぽく笑う榛七さんは、やはり超が付くほど可愛い。

やっぱり彼女、俺のことが好きなんじゃないだろうか？

きっとそうだ。いつ告白しようかな。

——いや、駄目だ。

俺には唯先輩を守るという使命がある。

こんなところでうつつを抜かしている場合ではない。

「ふふっ、そうだね。俺としても君と仲良くなれたら嬉しく思うよ」

冷静に、当たり障りのない社交辞令を。

どうせ榛七さんだって社交辞令なんだから、変に踏み込まなければ安全だ。

「……」

——あれ？

最適解であるはずなのに、榛七さんは何故か驚いたような顔をしている。

「…………そうじゃないんだよな」

「ん？　今なんて？」

「いや、何でもないよ！」

とてもじゃないがクラスの人気者から飛び出すはずのない言葉が聞こえた気がしたけれど、なんでもないと言うのならなんでもないか。

「えっと……花城君って、彼女とかいるの？」

「どうしてそんなこと聞くの？」

「だって、こうやって二人で帰るところ見られたら嫉妬させちゃうかもしれないでしょ？」

「あー、なるほどね。大丈夫、彼女はいないから」

「ふーん、そうなんだ。花城君かっこいいのに、意外だね」

ははは、こやつめ。まだ俺を勘違いさせようとしてやがる。

向こうがその気で来るなら、こっちは強靭な精神力をもってして耐えるだけだ。

「かっこいいなんて……可愛くて誰からも人気な榛七さんにそう言ってもらえると自信がつくよ」

「か、かわっ――――」

何故か突然動揺を露わにした榛七さんは、俺から顔を逸らしてしまった。

おかしい。普段あれだけ人を侍らせているのだから、褒められることなんて日常茶飯事なはずなのに。

もしかすると、この反応も男を惑わせるためのテクニックの一つなんじゃなかろうか。

自分の言葉で照れてくれた……！　と無邪気に喜ぶ男の心を弄んでいると言われれば、納得がいく。

我ながら、自分の推理力に惚れ惚れしてしまった。

残念だったな、榛七さん。俺は君の親衛隊には絶対に加わらないぞ。

「は、花城君は……誰にでもそういうこと言う人なの？」

「いや、心の底から思った人にしか言わないよ。俺はそんな誰にでもいい顔できるほど器用な人間じゃないからね」

くらえ、余裕を孕んだ営業爽やかスマイルを。

ここからは俺と君の駆け引きだ。

守りに入った俺はさながら難攻不落の要塞。

他の男にも吐いているような薄っぺらい言葉なんかじゃ突き崩せないぞ。

「〜〜〜〜っ！」

しかし、榛七さんの反応は俺の思っていたものとはだいぶ違った。

彼女の顔は一瞬にして赤くなり、あたかも照れていますと言っているような状態。

ふっ、中々に可愛らしいが、これも俺に惚れた演技だと知っていれば心臓の高鳴りを最低限に抑えられる。

棒七ルミ、破れたり。

……何と戦っているんだっけ、俺。

「あ、あああの！」

「ん……？」

顔を赤くしたまま、声を震わせスマホを取り出す榛七さん。

こんな演技もできるのか。まるで女優だな。

「れ、連絡先！　交換しない⁉　ほら！　一緒のクラスになったのにまだ交換してなかったでしょ⁉」

「あー、そうだね」

俺はスマホを取り出し、榛七さんと連絡先を交換する。

それが済んだ途端、榛七さんは自分のスマホを胸に抱き込んだ。

「あ、ありがと！　……ね、ねぇ、花城君。明日も一緒に帰れたりしない？」

「え？」

榛七さんは潤んだ瞳を俺に向けている。

今度は何を企んでいるのか。俺は少しだけ警戒心を引き上げて、その目を見つめ返した。

「花城君と話すの楽しいから、明日も一緒にいたいなって思ったんだけど……どうかな？」

嬉しいことを言ってくれる。

たとえ演技だったとしても、これを言われて嫌がる男は少ないだろう。

しかしながら、一緒に帰るのはおそらく難しい。

「あー……誘ってもらえるのは嬉しいんだけど、生徒会の仕事があるからだいぶ帰るのが遅くなっちゃうんだよね」

「生徒会……？　あれ、花城君って生徒会役員だったっけ？」

「うん。と言っても最近加入したばかりだけどね」

「……ふーん？」

榛七さんの視線が訝しげなものに変わる。

まああまりにも突然過ぎる加入だし、傍から見ていて俺に対して不真面目な印象はあまりないと思うけど、生徒会に加入できるほどの人間かと問われれば疑問を抱くだろう。

「生徒会って忙しいの？」

「忙しいね……今日はたまたま早く帰れるけど、基本は部活と同じくらいの時間に終わるかな」

「そ、そうなんだ……」

「俺は雑用係みたいなものだから、そこまで忙しくしているってわけじゃないんだけどね。でもお茶汲みとか資料を運んだりとか……」

いや、思ったよりもやること多いな。

「――何それ」

棒七さんは小さく呟くと同時に、その足をぴたりと止めた。

「そんなの……ただのパシリじゃん」

「パシリって……別にそういうわけじゃ」

「どう考えてもこき使われてるじゃん！　よくないよ！　そんなの！」

「……？」

棒七さんはえらく真剣な表情を浮かべて、俺の肩を掴んだ。

さて、どうしたものだろう。

俺はパシリになっているつもりはないし、多分先輩たちも俺をパシリとして使っているつもりはないはず。

とはいえ、たとえパシリという枠だったとしても、美少女にこき使ってもらえるのであれば俺は大歓迎だ。

俺が買ってきた焼きそばパンが彼女たちの血肉になる……なんて素敵な響きだろう。

「……あたしが助けてあげる」

「へ？」

やましい妄想から俺を引きずり戻したのは、棒七さんのそんな言葉だった。

「あたしが花城君を助けてあげるから」

「いや、あの——」

榛七さんは俺を置いて先に歩き出す。

ぐんぐんと遠ざかっていく彼女の背中を、俺は止めることもできずにただただ見送った。

助ける、それは果たしてどういう意味だろう。

どうにも嫌な予感がする。

少なくとも俺の本能は、彼女を警戒するようにと命令していた。

そして、翌日。

昨日俺が抱いた嫌な予感は、すぐに現実となった。

「失礼します！」

そんなはっきりとした声と共に、生徒会室の扉が開かれる。

何事かと皆の視線が集まる中、扉を開けた榛七さんはズカズカと部屋の中に入ってきた。

「えっと……あなたは？」

「二年生の榛七ルミっていいます。今日は生徒会の人たちに言いたいことがあって来ました！」

紫藤先輩の目に警戒の色が浮かぶ。

その様子を見て、ひよりと双葉さんも同時に警戒心を強めた。

これまで、突然生徒会室に人が入ってくるという事態は何度か起きている。

外では常に唯先輩の動向に気を付けなければならない生徒会役員たちにとって、この部屋はある種のオアシス。

一刻も早く外敵を追い出さなければ、俺らに安息の時間は訪れない。

ただ、それには一つ大きな障害がある。

「ふむ、客ということか。ではおもてなしをしなければな」

そう言いながら、唯先輩は笑みを浮かべた。

分かってくれるだろうか？　俺らがいくら外敵を追い出したいと思っても、まずこの人が外敵を歓迎してしまうのだ。

そんな来る者拒まずの精神を発揮する唯先輩は大変可愛らしくて魅力的なのだが、役員たちからするとたまったものではない。

無理に追い出そうとすればいらない敵を作ってしまいかねないし、唯先輩ももてなそうとした矢先のことで不機嫌になってしまう。

つまりここからは上手く場をコントロールして、外敵が自然と帰るように促さなければならないのだが――――。

「もてなしは結構です！　それよりも……！」

榛七さんは俺を一瞥した後、役員の皆を睨みつけた。

「花城君をパシリに使うのは、もうやめてください！」

「……パシリ？」

その言葉を聞いて、唯先輩は首を傾げた。

俺は自分の詰めの甘さを感じ、思わず頭を抱えそうになる。

昨日の別れ際、無理やりにでも追いついて彼女の考えを否定するべきだった。

必要以上に近づかない方がいいと判断してしまった俺の大きなミス。

ここは俺自身でなんとか事を納めなければ、皆に迷惑をかけてしまう。

「花城君は昨日言っていました！　生徒会の役員から雑用を押し付けられているって！　そんなの……クラスメイトとして絶対に許せません！」

「雑用を押し付けられてる……？」

ひよりが俺を睨む。

そしてすすッと俺に身を寄せ、いつでも拳を叩き込める位置についた。

「ふーん、あんたそんな風に思ってたんだ」

ひよりの拳が俺の脇腹にそっと添えられる。

まずい、これはワンインチパンチの構えだ。

ほぼゼロ距離の状態からでも十分な破壊力を与えてくれる技で、別名では「寸勁」と呼ばれる攻撃手段。

要は銃口を突き付けられているのと同じだ。

俺はこの場において、迂闊なことを言わないようにしなければならない。

まずひよりからのお仕置きを避けたいというのと、発言次第では唯先輩の秘密が漏れる可能性があるからだ。

「い、いやだなぁ、ひより。俺が女子に頼られてぶつくさ言うような男だと思ってるの？」

「……そうね。あんたなら喜んで働くわね」

そこは信頼されてんのかい。

ともかく、榛七さんは俺が生徒会でこき使われている——要はパシリとして扱われているのではないかと想像してしまったようだ。

それで俺を助けるため、乗り込んできたのかもしれない。

もしかして榛七さん、俺のこと好きなのかな？

「はぁ……榛七、あんた勘違いしてるわ。夏彦は一応ちゃんと〝雑務〟っていう立場を与えられているから、生徒会の雑用を引き受けてくれているの。それだけの話よ」

「じゃあ、花城君が毎日女の尻に敷かれてこき使われているってのは嘘ってこと……？」

「俺って榛七さんからどう見えているのかな？」

それじゃまるで奴隷じゃん。

「嘘……とも言い切れないか？」

ひよりは酷く困った表情を浮かべている。

いや、そこは疑われている側としてもうちょっと抵抗してほしいんだけど。

「ほら！　やっぱり花城君を虐げてるじゃない！　それに度々あなたが彼に暴力を振るっている瞬間を見たことがあるし、顔を腫らしているところだって見たことがあるわ！」

「それはまあ、いつもの戯れというか……っていうか、あんた夏彦のこと見過ぎじゃない？　別にウチは白昼堂々殴りまくってるわけじゃないわよ？」

「え、あ……それはその……」

榛七さんが口ごもる。

言われてみれば確かに、ひよりと俺がじゃれている時は周りに人がいない場合が多い。

それはお互いによる配慮であり、ボコスカ暴力が飛び交うような場面に遭遇した人間はいい感情を抱かないであろうという当たり前の考えが元になっている。

特にそれを示し合わせたわけではないけど、もはや暗黙の了解として俺らは不特定多数がいる場ではあまりふざけない。

しかし、こう言うと芸人が自分たちのネタの説明をしているみたいで恥ずかしいね。

まあつまるところ、いくらクラスメイトで接点は多いとはいえ、榛七さんの前で度々そのやり取りを見せるなんてことはしていないはずなのだ。

そうなると、榛七さん自身があえて俺とひよりを見ていたということになるんだけど
――――。

「あ、あたしのことはいいの！　それより、花城君を早く解放してあげてください！」

榛七さんはひよりから唯先輩にターゲットを変え、詰め寄った。

唯先輩まで飛び火するのはまずい。俺はとっさに間に入り、ちゃんと自分の口で榛七さんを説得しようとする。

しかし唯先輩はまったく今の話を気にしていないような様子で、口を開いた。

「夏彦は我が生徒会役員にとって大事な存在だ。彼の淹れた紅茶は絶品なんだぞ？　今更あれを手放すことはできないな」

「ゆ、唯先輩……」

感激し過ぎて涙が出そうになる。

そんな風に思ってくれていたのか、唯先輩。

誰かから必要としてもらえているっていうのは、こんなにも嬉しいものなんだね。

褒められたところが生徒会にまるで関係ないという部分まで高ポイントです。

「確かに、花城君にはまだ生徒会役員でいてもらわなければ困るわ。……まだ野放しにはでき

ないし」

紫藤先輩が最後に付け足した言葉を聞いて、俺の背筋に寒気が走る。

この人もだいぶ根性が据わっているせいで、残酷な判断を下す時の腰の入りっぷりは目を見張るものがあった。

ちなみに双葉さんは、この状況でも淡々と自分の仕事をこなしている。

ナイスマイペース。自発的にお仕事できてえらいっ！

「まだ花城君をこき使う気なんだ……！　っ！　花城君！　あなたはそれでいいの⁉　このまま　じゃ自分の時間がどんどん無駄になっちゃうんだよ⁉」

「うーん……」

こう言ってはなんだけど、榛七さんの言い分も分からないわけではない。

俺はたまたま生徒会長の秘密を知ってしまったせいで、脅されるような形で生徒会に従事させられている。

傍から見ればなんて不幸な話。しかしその話は、俺が相手となると当てはまらない。

決して自分のことを下げて見ているというわけではないのだけれど、結局俺の持つ〝自分の時間〟というものに大した価値はないと思うのだ。

仲のいい友人と馬鹿をやるわけでもなく、部活や趣味など夢中になれるようなものも今のところ見つかっていない。

その時間を勉強に使えと言われればそれまでだけど、結局人の集中力には限界があるしね。

そんな中、生徒会はむしろ俺が無駄にするはずだった時間を有意義に使ってくれている。

つまり俺にとって生徒会という環境は、感謝こそすれ不満を言うような場所ではないのだ。

「榛七(はるな)さんが心配してくれているのはありがたいけど、俺は大丈夫だよ。これでも一応楽しんでやらせてもらっているっていうか……」

「……そっか、ここで話していても本音なんか言えないよね」

「え？」

「来て、花城(はなしろ)君。二人になれるところで話そうよ」

何かを悟った様子で、榛七(はるな)さんは俺の手を掴(つか)んだ。

その行動に驚いている間に、俺は彼女によって生徒会室から連れ出されてしまう。

「大丈夫、絶対パシリなんて卒業させてあげるから……！」

榛七(はるな)さんのその言葉は俺へ向けられたものではなく、生徒会室の中に残った皆への宣戦布告のように思えた。

俺の手を掴(つか)んだまま、榛七(はるな)さんは廊下をずんずんと歩いていく。

力に任せて逃げることはできたけれど、女の子の手を強引に振り払うなんて真似(まね)が俺にできるはずもない。

結局俺にできることは、転ばぬように彼女についていくことだけだった。

夏彦が榛七に連れて行かれる様を、ウチらはただただ見送ることしかできなかった。

「……行かせてしまってよかったのですか？」

しばらくの間があって、それまで仕事に集中していた椿姫が口を開く。

「あ……そうね。えっと……ごめんなさい、あんまり話が読めなくて。その、今の子は花城君やひよりちゃんの知り合い？」

「まあ……ウチらのクラスメイトですね。この学校だと結構な有名人ですよ」

榛七ルミ。

ウチらと同じクラスで、学校中の人気者。

あの子の魅力と言ったら、なんと言ってもその美貌。

八重樫センパイも紫藤センパイも桁違いではあるけれど、ウチと同学年の人間の中じゃ榛七がダントツで整っている。

正直に言うと、あの子とウチはあんまり接点がない。

だからどんな性格なのかもいまいち分からないでいたけど、一人の男子のためにあんなに親身になるような人間なら、人気者となった理由にも頷ける。

それにしても様子がおかしかった気がするけど……。

「はぁ……なんか、すみません」

ウチはひとまず紫藤センパイに向かって頭を下げた。

「？　どうしてひよりちゃんが謝るの？」

「だって、夏彦を生徒会に入れるって提案したの、ウチじゃないですか」

あの日、夏彦をこの部屋に拉致した後、恥ずかしい写真の脅しにまったく屈しないあいつを生徒会に巻き込むように仕向けたのは、他でもないウチだ。

一応幼馴染だし、夏彦に痛い目を見てほしくないって気持ちはあった。

まあ多少なりともお灸をすえる必要はあったかもしれないけれど、別に根っから悪い奴ってわけでもないし。

ただ、それよりも大きな理由が一つ存在していた。

「この生徒会にとって、あいつって役に立ってます？」

こんな風に褒めるのは癪だけど、夏彦は実はかなり優秀な男だ。

馬鹿でスケベで女好きであることに目を瞑れば、優しくて気遣いができるいい男に見えなくもない。

しかしそう認識しているのは、ウチがあいつと長い付き合いだからだ。

最近あいつも生徒会に馴染んできているように見えていたけど、肝心なところでトラブルを引き込んできてしまったわけで。

事情があれど、部外者を生徒会に近づけたのはいただけない。

これで八重樫センパイの秘密が外に漏れるようなことがあれば、間接的にあいつを生徒会に入れるよう助言したウチの失態だ。

だからせめて、夏彦がここにいてよかったと少しでも思ってもらいたい。

どれもこれも、醜いウチの我儘だ。

「……先に意見をいいですか？」

「椿姫？」

先輩たちを差し置いて、珍しく椿姫が小さく手を挙げた。

「この前資料室に会長が閉じ込められた時、私は花城先輩のおかげでその救出に成功しました。なので私としては、間違いなく花城先輩のお世話になったことになります。必要な人材がどういう人を指すのか、私には判断できかねますが……役に立つという一点において、花城先輩はもっともそれに適した方だと思います」

「……」

驚いた。普段無口な椿姫が、まさか夏彦のことでこんなに喋るなんて。

やるじゃん、あいつ。

「それを言うのであれば、夏彦の恩恵を一番受けているのは直接助け出された経験のある私ということになるな。それに彼はとてもユーモラスで可愛げがある。ムードメーカーとはああいう者のことを言うのだろうな」

「八重樫センパイ……」

「あとは、そうだな、頭を撫でてやりたくなる」

――この人の言うことはよく分からないな。

ただ、しかし、夏彦のことを必要としてくれているってことは分かる。

「私はまだなんとも言えないけれど、花城君の淹れてくれた紅茶が美味しいのは事実だし、二人が役立っているって感じるならそれがすべてじゃないかしら？　今更彼を追い出そうとは思えないわね」

「……そう言ってもらえると、ウチも救われます」

ウチはホッと胸を撫でおろす。

たまたま八重樫センパイの秘密を知ってしまい、真面目さを買われて役員になり、ウチは秘密を守る側の人間になった。

最初は面倒臭いと思ったし、誰にも言わないから解放してくれって思ったこともある。

内申のためにもなるなんて話を夏彦にはした覚えがあるけど、今となっては正直、八重樫センパイや紫藤センパイ、そしてウチが推薦した椿姫に情がないなんて言ったら嘘になる。

なんだかんだ居心地がいいのだ、この空間は。

だからまあ、できればあいつにもこの場所を大切に想ってほしいなんて思ったりして
――。

ガラにもなさ過ぎるから、絶対に口にはしないけどね。

「……まあ、そうは言っても部外者を何度も連れてこられたら困るから、そこはひよりちゃんの口から改めて言っておいてもらえるかしら？」

「了解です」

紫藤センパイの言葉はごもっともだ。

こういうところで人を甘やかさないのが、紫藤センパイの信頼できる部分と言える。

ともかく、あの榛七の様子だと、またこの部屋に乗り込んできてもおかしくない。

夏彦のことで生徒会を疑っているのなら、解決できるのもあいつだけだ。

「ふふふ、しかしながら、活きのいい後輩というのはやはり可愛らしいな。夏彦にまた彼女を連れてくるよう言っておいてくれ。今度こそちゃんとおもてなししよう」

「絶対駄目よ」

「ええ⁉」

――相変わらず、今日も八重樫センパイはちょっとズレてるわね。

「ここならいいかな……」

榛七さんは屋上に続く階段の踊り場まで俺を連れて行き、ようやく足を止めた。

屋上に行くためにしか利用しないこの踊り場は、基本的に人気がほとんどない。

昼休みに空の下で飯を食べたい連中が通るくらいで、放課後ともなるとほとんど誰も来ないため、密会には持ってこいの場所とも言える。

「花城君、本当のことを聞かせて？　あたしは花城君の味方だから……」

「うーん……そう言われても」

榛七さんは、いまだに俺と生徒会の皆の関係を勘違いしている。

そもそも最初から皆を悪者として見ている時点で、簡単に話が通じるような相手ではなさそうだ。

言葉選びは慎重に。

あくまで俺が自分の意思で生徒会に従事していることを理解してもらわなければならない。

「榛七さん、悪いんだけど……君は勘違いしているんだよ」

「勘違い？」

「俺は生徒会っていう環境に満足してるんだ。あそこまで美少女に囲まれている環境――じゃなかった、自分を必要としてくれる人たちの下で働けるっていうのは、俺にとって幸せなことなんだよ」

「幸せ……？　こき使われているようにしか見えなかったのに……？」

「傍から見たらそう思えるかもしれないけど、女子にこき使われるっていうのは、俺にとって幸せなことなんだよ」

「っ⁉」

そう言い切ると、榛七さんはショックを受けた様子で後ずさる。

「じゃあ……花城君は……本当に何も苦しくないの？」

「はっきり言って、まったく苦しくないね」

むしろ毎日美少女と同じ空気が吸えて幸せだよ。

体の中がどんどん洗われている気分だ。

「……そんなの変だよ」

「え？」

突如として榛七さんは俺の肩を掴み、真剣な眼差しを向けてきた。

「花城君、もしかして君は、自分に自信がないんじゃない？」

「自信……？」

「そう。だから多分、人にこき使われても全然気にしなくなっちゃったんだと思う……ううん、多分じゃない。絶対そうだよ！」

一人で勝手に納得した榛七さんは、肩から手を放して俺の全身をジロジロと眺め始めた。

別に嫌な気分ってわけでもないけれど、なんだか恥ずかしい。

俺に特殊な癖があったら興奮しているシチュエーションだね。

「花城君、明日空いてる？」

「う、うん……まあ空いてるけど」

「じゃあ決まりだね。明日十時に駅前集合で！」

「え⁉　ちょっと！　榛七さん⁉」

「約束だからね！　遅刻したら怒るよ！」

そう告げて階段を駆け下りた榛七さんは、一つ下の階から俺の方へと振り返った。

「あたしが一日でイケてる男にしてあげる！　そうすれば絶対パシリなんて卒業できるよ！」

得意げな笑みを残し、榛七さんは去っていく。

今の話は一体なんだったのだろう。

俺の勘違いでなければ、デートのお誘いのように感じたんだけど……。

だとすればなんと強引なお誘いだろう。

俺好みだ、嫌いじゃないね。

　あたしは自分の部屋のベッドに倒れ込み、天井を仰いだ。

　見慣れた天井をボーっと眺めながら、あたしは舌打ちをこぼす。

「あー！　くそっ！　なんでオチないんだよあいつ！　ムカつく！」

　このあたし——榛七(はるな)ルミは、自分の思い通りにならない男なんてこの世にいないと思っている。

　この整った顔、そして男受け満点のこの美貌。

　普段から地声ではなく少し高い声で喋(しゃべ)ることで甘ったるさを演出し、ボディタッチを増やして男の心をがっちりと摑(つか)む。

　そうしてあたしは、数多(あまた)の男を自分の意のままに操ってきた。

　それがあたしの趣味で、生き甲斐(いがい)で、ストレス発散法だった。

　しかし、あの男だけは……。

「せっかく救世主になってやったのに、花城(はなしろ)の野郎……女子にこき使われることを幸せとか言いやがって……だったらあたしの言いなりにもなれってんだ」

　一年生の時点で、あたしの存在は学年全体に知れ渡ったはず。

受けた告白はもう五十は超えただろうか？

告白してきていない男子の中にも、あたしに対して熱い視線を向けてくる連中はいる。

彼らも数えれば、あたしが虜にした同学年男子はすでに百を超えていると思う。

まずは学年制覇を目指しているあたしにとって、上々な成果だ。

だからこそ、同じクラスという立場でありながらまったくあたしに靡かない男子がいるというのは、プライドに響く。

というわけで狙い撃ちしてみたのだが――あれは奴隷根性というのだろうか？

きっと生徒会の連中に酷い洗脳を受けているに違いない。

でなければ、わざわざ自分のために生徒会まで直談判しに来たあたしという名の救世主に対し、心が靡かない意味が分からない。

ただ、突破口は見えた。

花城が生徒会の言いなりになっているのは、自分に自信がないからに違いない。

そういう心の弱味を、あの女たちに利用されているのだ。

絶対そう。そうに決まってる。

ならば花城に自信をつけさせれば、きっとあの女たちにも強く言い返せるようになるはずだ。

それに花城が格好良くなれば、横に並んだ時にあたしも嬉しいし。

（……ん？）

なんだか変な雑念が頭の中に混ざった気がする。

花城と横に並ぶなんて、そんなのまるであたしとあいつが付き合っているみたいじゃないか。

「……」

悪くないって思ってないか？　あたし。

ないない、あり得ないあり得ない。

いくら自分のモノにならないからって、意識しているうちに本気で気になり始めたなんてことは――。

「ない……よな？」

恐ろしくなって、思わず首を傾げる。

あたしはいつだって弄ぶ側の存在。

追いかける側に回ることはあってはならない。

「……確かめなければ」

男心を弄んでこそ榛七ルミ。

あたしがあたしであるために、今度のデートで絶対に花城をオトしてみせる。

決意を新たにしたあたしは、自分でまとめた〝必見！　男を陥落させる女のテクニック集〟と書かれたノートを読み返すのであった。

第五章　……ウラがないワケない。

『榛七とデートすることになったって……急に電話してきたと思ったら、いきなりなんの話？』

「いや……まあ一応報告しておこうかと思って」

同じ日の夜、榛七さんとデートの約束を結んだ俺は、その事情をすべてひよりに話していた。

報告しようと思った理由は、本当になんとなく。

一応今日は榛七さんが生徒会に乱入してきたことで迷惑をかけてしまったわけだし、その後の話を共有しておくのは必要なことのような気がしていた。

『……まあ、よかったんじゃないの？　あの人気者と一緒に出かけられるなんて、学校の男子たちが聞いたらさぞ羨ましがられるでしょ』

「あれ？　なんか怒ってる？」

『べっつにぃ？　あんたがどこの誰とデートしてようがウチには関係ないし』

そう言いつつ、ひよりの声色はどこか不満げだ。

もしかすると、俺を取られたように感じて嫉妬していたり――――。

『今ウチの怒りを買うようなこと考えてるでしょ』

「そんなこと考えてないよ、断じて」

あぶな、なんで分かるんだよ。

まああのひよりが俺のことで嫉妬するなんてあり得ないか。

大方俺に幸福が訪れていることが気に入らないのだろう。多分ね。

『……まあそれよりさ、どうせ棒七と一緒に過ごすなら、生徒会に対する誤解はちゃんと解いてよ。棒七って割と有名人なんだから、下手に悪評を流されようものなら手が付けられないことになるわよ』

「そこら辺は分かってるよ。ちゃんと話して誤解を解くつもりだから」

『ならいいけど。……前も言ったけどさ、ウチ意外とあの空間のこと気に入ってるんだよね』

あの空間とは、生徒会室のことだろう。

俺が加入した日、確かにひよりはそんなことを言っていた。

『八重樫センパイはあんなんだからやっぱり放っておけないし、紫藤センパイは頼りになってすごく尊敬できるし、椿姫も従順にウチを慕ってくれて癒されるしさ……あとなんか、シンパシーを感じるっていうか』

「シンパシー？」

『うーん……あ、ごめん。シンパシーの意味は分かる？』

「失礼な」

それくらい分かるわい。

『ともかく、他人って感じがしないのよ。何かを抱えている者同士に思えるって言えばいいかな』

何かを抱えていると言えば、確かに皆何かしらの〝秘密〟を抱えているのかもしれない。

唯先輩は完璧超人に見えるが、実はポンコツ。

双葉さんは大人しい子に見えるが、実はムッツリ。

紫藤先輩はまだ具体的には分からないけれど、唯先輩への執着具合を見るに何かを抱えていてもおかしくはない。

「じゃあ、ひよりも何か抱えているってこと？」

『たとえそうだったとしても、こんな電話越しで語れないわよ』

「そりゃそうか」

シチュエーションってものがあるよね。

『だからまあ、ウチもあの空間がなくなっちゃうのは嫌なのよ。ってなわけで、明日はしっかり誤解を解いてきなさい』

「うん、了解したよ。とりあえずまた何かあったら連絡するから」

『――ねぇ、夏彦』

今日のところはもう切ろうとした俺を、ひよりの真剣な声色が止めた。

『あんたは、生徒会のことどう思う？』

「どうって……居心地いいなぁと思うし、刺激的だなぁとも思ってるよ」

代わり映えのしない日常を送っていた俺にとって、生徒会で過ごす時間は新鮮なものばかり。

今のところあまり役に立てている自覚はないけれど、いつかもっと生徒会の役員として胸を張れるようになりたいと思う。

『……そ。ならいいんだけど』

「どういう意図の質問だったの？」

『別に……ほら、今まであんたが何かの団体に属したことってなかったじゃない？　だから今はどういう感覚なのかなーって気になっただけよ』

「あー……」

ひよりから感じるのは、俺に対する心配と好奇心。

これまで俺が部活動のような場面に身を投げなかったことには、特に大きな理由はない。

強いて言うのであれば、夢中になって何かを目指す人たちがいる団体に対し、大した熱を持っているわけでもない俺が交ざるというのはあまりにも場違いなんじゃないかという恐れだ。

熱量の違いというのは、軋轢（あつれき）を生む。

だからこれまでも特に団体に所属するようなことはしてこなかった。

ここで生徒会に所属する気になったのは、もちろん脅しがあったというのは大前提だけれど、それ以上に憧れていたからという部分が大きい。

自分の都合でしかなかったものの、俺も寂しさ自体は感じていたのだ。

「……楽しいよ、とても」

『――そっか』

そう告げて、ひよりは電話を切った。

素直に心配してるって言ってくれてもいいのに、ひよりったら素直じゃないんだから。

っと、最近の彼女はあまりにも察しがいいから、こんなこと考えただけで後日鉄拳が飛んできそうだ。

そろそろ明日の準備をするとしよう。

できるだけ皆を心配させないようにしないとね。

さて、そうしてやってきた榛七さんとのデート当日。
俺に課せられたミッションは、今日という日の中でなんとか誤解を解くこと。
このまま俺が生徒会の奴隷と認識されているのは、今後大きな支障になる可能性がある。
俺自身が何か悪いことをしたわけじゃないし、状況だけ見ればかなり理不尽ではあるものの、俺はこんなことでは文句を言わない。

むしろ学校のアイドルである榛七さんとデートできるのだ。

文句を言うどころか、お礼を言いたいくらいのシチュエーションと思える。

ともかく、しっかりと服装を整えた俺は、すでに約束の駅前へと到着していた。

時間は待ち合わせの十五分前。

女性と出かける時は、基本これだけの余裕を持つことが俺の中の鉄則だ。

あとは仮に女性が遅刻したとしても、笑って許すこと。

俺ならば三時間以上は待てる自信がある。

しかしそんな俺の寛容さアピールとは裏腹に、榛七さんは待ち合わせのピッタリ五分前に到着した。

「お待たせ、花城君。もしかして待たせちゃった……？」

「ううん、全然」

「……嘘。ほんとは待ったでしょ？」

「たとえ待ったとしても、大した時間じゃなかったことだけは約束するよ」

笑顔でそう告げると、榛七さんは諦めた様子で息を吐いた。

「花城君って意地悪なこと言わないね。そういうところ素敵だと思う」

でへへ、褒められちゃった。

でも実際のところ、女子から好かれたいと思っているのに意地悪なこと言う必要ってないよね。

やっぱり紳士な態度が一番だと思う。

……なんて言いつつ、別に彼女いたことないけど。

「それじゃあ行こっか。今日のエスコートはあたしに任せて！」

「あ、うん……結局その、なんだっけ？　俺をイケてる男子にするとかなんとか……」

「うんっ！　花城君に自信をつけてもらうために、今日はバッチリカッコよくなってもらうよ！」

「それはまあ……ありがたいけど」

かっこよくなれるなら、それはそれで嬉しいこと。

しかしながら、遠回しに今はかっこよくないと言われているみたいで少し傷つく。

別にいいけどさ、自覚あるし。

「じゃあまずは……っと」

榛七さんはきょろきょろと周囲を見渡した後、突然俺の手をガシッと握ってきた。

「まずはこっちから行こ！」

「あ、ちょっと……！」

俺の手を強引に引っ張っていく榛七さん。

なんということでしょう、柔らかい手の感触が直接伝わってきて、彼女の温もりがそこにあることが感じ取れるではありませんか。

今日はいい一日になりそうだ。

「人の顔って眉毛の形だけで大きく印象が変わるんだよ」

そう告げられて連れてこられたのは、なんと眉毛サロンという名のお洒落なお店だった。

どうやらここでは眉毛を望んだ形に綺麗に整えてくれるらしい。

これまでも美容院で髪を切るついでに眉毛を整えてもらうことはあったけれど、こういう場所に来たのはさすがに初めてである。

「あらぁ、待ってたわよ、ルミちゃん」

「こんにちは、江藤さん」

店内に入ると、榛七さんとスタイリストらしき女性が挨拶を交わす。

なるほど、ここは彼女の知り合いの店か。

「連絡もらったのはそっちの彼？」

「はい。眉毛のスタイリングをお願いしたくて」

「分かったわ。ちょっと準備するから待っててね」

それから俺は個室に案内され、そこに置いてあったベッドに仰向けに寝るよう指示された。

言われるがままにベッドに横たわると、そんな俺の顔を榛七さんが覗き込んでくる。

「な、何かな？」

「花城君が緊張しているように見えたから、それを解したくて」

「まあ初めてで緊張してるってのもあるけど……俺としてはお金の心配もあるかな」

店の外観のお洒落さからして、眉毛を整えるだけでもだいぶ料金がかかりそうだった。

生憎俺の懐事情はそんなに温かくない。

さすがに今の手持ちでも払えるとは思うけれど、それから手元にどれくらいのお金が残ってくれるのか、その部分が心配である。

「あ、説明忘れててごめんね？　今日はこのお店持ちだから大丈夫だよ」

「え⁉」

俺が榛七さんの言葉に驚いていると、個室に先ほど江藤と呼ばれた女性が入ってきた。

彼女はこれまでの俺たちの会話が聞こえていたようで、榛七さんの言葉に繋げる形で口を開く。

「そうそう。ルミちゃんにはいつもお世話になっているから、基本的にうちの利用料はゼロでスタイリングしてるのよ」

「そ、そんなことってあるんですね……」

「その代わり、ＳＮＳとかで宣伝してもらってるけどね。ルミちゃんって本当にすごいのよ？　ちょっと宣伝してもらうだけで分かりやすくお客さんが増えちゃうんだから」

褒めちぎられた榛七さんは、照れた様子で笑っている。

榛七さんのＳＮＳがすごく有名なことは俺も知っていた。

確か読者モデルもやってるんじゃなかったっけ。そりゃフォロワーも増えるわけだ。

「それじゃあ早速やっていくわね。今よりももっとかっこよくしてあげるわ」

「お、お願いします……」

江藤さんの手によって、俺の眉毛は瞬く間に整えられていった。

元々そんな乱れていたとは思っていなかったけど、プロから見たらやはりまだまだ手の施しようがあったらしい。

剃ったり、時に邪魔な部分を抜いたり。

そうして洗練されていった眉毛は、たった二十分ほどでキリッとした形に整っていた。

「お待たせしました、こんな感じでどうかしら？」

「おお……」

思わず感嘆の声が漏れるほど、仕上がりは素晴らしいものだった。

顔の清潔感が増したというか、そこまで大きな変化はないはずなのに、こう見るとまったく印象が違う。

「わぁ……！　すごくいい感じ！　カッコいいよ花城君！」

「そ、そう？」

さすがにこれだけ褒められたら悪い気はしない。

今後も定期的に通おうかな。めちゃくちゃ出費が激しくなりそうだけど。

「本当は髪型もあたし好み――――じゃなかった、もう少し整えたいと思ったけど、今のままでも悪いってわけじゃないし、今度は服の方を見に行こうか」

「……分かった、今日は全面的に榛七さんに従うよ」

「うん、任せて！」

榛七さんの目的は間違いなく空回りしているけれど、今日は俺にとって自分のためになる時間であることは間違いない。

こうなればとことん指導してもらおうじゃないか。


それから俺が連れて行かれたのは、洋服の店だった。

しかもそこはただの洋服を売っているわけではなく、なんともお洒落な外装をした古着屋。

これまで古着というものに手を出してこなかった俺は、一瞬その店の前でしり込みしてしまう。

「あれ……？　なんか変に緊張してる？」

「ま、まあね。古着屋ってちょっと怖いイメージがあるっていうかさ」

洋服に詳しい人しかいないというか、なんというか。

実際はそんなことないんだろうけど、一見さんお断りみたいな雰囲気は確かにある。

「あはは、大丈夫だよ。ここもあたしの行きつけの店だから」

「……ということは、店員さんとも知り合い？」

「もちろん。ほら、早く入るよ」

最後の一押しは強引に。

俺の手を引いて無理やり店内へと入った榛七さんは、ちょうど売り物を整理していた男性スタッフを見つけて声をかけた。

「こんにちは！　佐山さん！」

「おお、ルミちゃんじゃないの。っと、デート中？」

佐山と呼ばれた少しチャラっとしたお洒落な男性は、俺の方を見ながらそう問いかけてきた。

「え、えっと……はい！　そんな感じです！　あ、拡散厳禁でお願いしますね？」

「ほうほう……任せて、俺口は堅い方だから」

親指を立てる佐山さんに対し、榛七さんは恥ずかしそうに頬を掻いている。

そして彼女は一瞬俺の方をチラリと覗き込み、すぐに視線を逸らした。

なんと思わせぶりな仕草だろう。

もう俺のこと好きじゃん、絶対に。

「あ……ご、ごめんね？　勝手にデートなんて言って」

「ん？　ああ、全然構わないっていうか、むしろそう認識してもらえて俺は嬉しいよ」

——危ない危ない。

生徒会と俺の関係についての誤解を解くためにも、ここで浮かれて目的を失うわけにはいかないのだ。

もうすでにやたらと気持ちを揺さぶられているのは仕方がないとはいえ、せめて気づいた段階で冷静にならなければ。

今の俺に恋をしている余裕はないのである。

「……」

「……あれ？　どうしたの、榛七さん」

「え？　あ、ああ！　ううん、なんでもないの！」

ボーっとしていたように見えた榛七さんは、俺の問いかけを受けてパッといつも通りに戻る。

その顔はどこか悔しそうにも見えたんだけど、俺の気のせいだろうか。

「見せつけてくれちゃって。それで、今日はルミちゃんの服を選びに来たのかな？　それとも、そちらの彼？」

「はい、今日はあたしじゃなくて、彼の服を探しに来ました」

「ふーん、なるほどね。……素材は悪くなさそうだし、コーディネートし甲斐がありそうだね。よければこっちでいくつか見繕おうか？」

「いいんですか？　それならぜひお願いします！」

「任せてよ。ルミちゃんにはいつもお世話になってるし、その彼氏の服選びってなったらこっちも気合入れるからさ」

　彼氏だなんてそんなそんな——と否定する時間すら与えてもらえず、俺はそのまま佐山さんによって寸法を測られた。

　テキパキとその作業を終えた彼は、店内をうろうろしながら数着の服を手に戻ってくる。

「えっと、名前はなんだったっけ」

「花城です」

「ありがとう、花城君。よければこの辺の服を試着してもらえないかな。サイズは間違いないと思うけど、もしキツい、緩いっていうのがあれば気軽に伝えてくれ」

「分かりました……」

　押し付けられた服を持って、試着室へ。

　まず俺が袖を通したのは、少々オーバーサイズの七分袖Tシャツに、ぴちっとしたジーンズだった。

首元にはシルバーのネックレス。

雰囲気だけなら、高校生というより大学生に近いだろうか。

普段の自分を知っている俺からすると、少し背伸びしている感じが否めないけど――。

「うん！　いい感じじゃん！」

試着室を出た俺に対して、榛七さんからお褒めの言葉がかかる。

あんまり服とかお洒落に詳しくないから、やっぱりちゃんとしている人から意見をもらえるとありがたいね。

なんだかこの服を着てもいいよって許可をもらったような気分だ。

「人の立ち姿っていうのは、結局バランスだからな。柄とかはともかく、まずシルエットにした時にごちゃごちゃしないっていうのが重要だ。この服の場合は上がぶかっとしてるから、下はあんまりボリュームが出ないようなズボンにしてみた」

「へぇ……！」

普通にためになる知識を教えてもらってしまった。

改めて確認してみれば、確かにオーバーサイズのTシャツによって上半身のシルエットが大きくなる分、足元は余計な面積を置かずにスラッとしている。

なんというか、普通にテンション上がるね。

これまで別に服に興味があったわけじゃないけれど、自分の見栄えがよくなるとこんなにも気分がいいのか。

この歳になってようやく、洋服にお金をかけることへの意味を理解したような気がする。

しかしながら、綺麗ごとばかり言っているわけにもいかない。

「それで……これの値段っていくらなんでしょう」

俺は恐る恐る佐山さんへと問いかけた。

古着のイメージその二、中古とはいえ値段が高い。

特にこのジーンズなんて本当に恐ろしい。

テレビで見たことがあるのは、ジーンズは経年変化と共に味が出るという話。

つまり中古だからって、必ずしも安くなっているとは限らないわけだ。

「ああ、心配しなくてもそんなに高くないよ。学生ってことは分かってるから、値段もそれに合わせて選んだから」

佐山さんが教えてくれた値段は、確かに背伸びしても届かないほどではなかった。

むしろ拍子抜けするくらいというか……いや、別に安いってわけではないんだけれど、この質でこの値段なら十分お買い得に思える。

「うちは買い取りから中古服の販売も取り扱ってるから、変にビンテージ物に手を出さなければだいぶ値段を抑えて服を選べるんだよ。今後贔屓にしてくれるなら、その辺りの選び方も教えてあげよう」

なんと頼り甲斐のあることか。

お言葉に甘えて、今後服が欲しくなったら相談させてもらうとしよう。

これは持論だけど、本人に強いこだわりがないのであれば、プロに色々と任せるのが一番だと思っている。

特に今はお金に余裕があるわけでもないし、失敗すらも楽しめるなんて状況じゃないしね。

それから二人の勧めで他の服も試着してみたけれど、結局最初に試着した物が一番ということになり、俺はそれを購入することにした。

途中で榛七さんが負担しようかと提案してくれたけれど、それは当然断った。

眉サロンは無料だったから気にならなかっただけで、女子にお金を出してもらうなんていよいよ俺のポリシーに反する。

自分が連れてきたのだからと榛七さんは少々不満げだったが、これぱかりは譲れない。

「お買い上げありがとうございましたー。二人ともまた来てね」

気持ちよく送り出してくれた佐山さんに頭を下げて、俺と榛七さんは店を出る。

ちなみにさっきの服装がだいぶ気に入った俺は、店内で着替えさせてもらっていた。

「花城君、本当によかったの？」

「え、何が？」

「その服だよ。あたしが連れ回してるんだし、やっぱりあたしが少しでも出した方が……」

「榛七さんと一緒に出かけてるだけでも幸せなのに、これ以上何かしてもらう必要はないよ。それに、この服を買うって決めたのは俺だしね」

自分の選択に責任を持つことは当たり前の話だ。

生徒会に所属することにしたのも、結局は自分の意思。

俺にはあの場で紫藤先輩の要求を突っぱねることだってできたんだから。

それをなんとかして榛七さんにも分かってほしいんだけど……。

「あ、じゃあせめて何か奢らせてくれないかな？　あたしもこのままだと罪悪感があるし」

「う……うーん……」

そう言われるとこっちも弱い。

榛七さんが俺に対して何かを奢る必要なんてまったくないんだけれど、罪悪感があると言われてこのまま過ごすというのもよくない。

「あ、じゃあコーヒーなんてどうかな、花城君」

「コーヒーか……」

値段の話ではないけれど、ちょうどいいラインではある気がする。

「分かった、じゃあお言葉に甘えるよ」

「よかった、我儘聞いてくれてありがと」

「むしろお礼を言うのはこっちだよ」

カフェへと移動し、榛七さんは俺の分のアイスコーヒーと、自分の分のタピオカミルクティーを購入した。

そして少し移動して、俺たちは駅前にあるベンチに陣取る。

休日ということもあり、この辺りの人の数はかなり多い。

そして目が多いせいか、やたらと通行人の視線が榛七さんへと集まっている気がする。

「いつもこんな感じなの？」

「うん……まあね」

榛七さんは困ったように笑っている。

外見だけでも、榛七さんはひたすらに魅力的だ。

少なくとも男の視線は確実に集めることになるだろうし、女性でも憧れを抱く人はいると思う。

だからこうなってしまうのも仕方がないと言えば仕方がない。

本人からすればたまったもんじゃないだろうけども。

「可愛いとか、綺麗って言ってもらえるのは素直に嬉しいんだけどね……」

どこか諦めた様子で、榛七さんはミルクティーの入ったカップを少し揺らす。

外見がいいことによって生まれる弊害は、そうではない者からすればすべて贅沢な話なのかもしれない。

そこを理解しているから、榛七さんはわざわざ文句を言わないのだろう。

その堂々とした態度が、俺には格好良く映った。

「花城君はあたしと一緒にいて気にしてたりしない？」

「俺は大丈夫だよ。これで文句なんて言ったら、それこそ贅沢な話だし」

何度も言っているが、俺は榛七さんとデートしているという事実だけで幸せだ。

学校中の男が惚れ込んでいる美少女を、一日だけでも独り占めしているわけで。

これ以上何かを求めるようなら、きっと罰が当たるだろう。

「……だから、生徒会に所属しているのも嫌々ってわけじゃないんだ」

「っ！」

俺はここで、本題に切り込むことにした。

「生徒会の皆から必要とされることは、やっぱり俺にとってすごくありがたいことなんだよ。

それに元々、あの人たちは俺を虐げるような扱いはしてないしね」

「……」

榛七さんは静かに話を聞いてくれている。

なんとなくだけど、今度はちゃんと言葉が届いたような気がした。

「お節介……だったかな、やっぱり」

申し訳なさそうに頬を掻く榛七さんを見て、俺の胸がチクリと痛む。

榛七さんの優しさ自体は本当にありがたい。

しかしながら、その優しさを向ける相手が俺というのは、もはやもったいないとすら思う。

榛七さんに優しくされたいと思っている人は、それこそ山のように存在するのだから。

「……花城君、もしかして生徒会の中に好きな人がいたりするの？」

「え？」

脈絡の読めない突然の質問に、俺は思わず固まってしまう。

「ほら、あたしも好きな人から必要とされたいって気持ちは分かるからさ。だからそういうことなのかなって……」

「いや、その……別に特定の好きな人がいるってわけじゃないんだけど」

俺がそう伝えると、榛七さんは分かりやすく驚いた顔になった。

「俺は美少女と一緒にいられるだけで嬉しいって話で……好きな人がいるってわけでもなくて……」

「――――何、それ」

その時、突然榛七さんと俺の間にある空気が変わった。

優しくて人当たりのいい雰囲気は消え、どこかとげとげしくて、荒々しい印象が飛び出している。

呆気に取られている俺をよそに、榛七さんは威圧感を発しながら距離を詰めてきた。

「ここまでやってやったのにどうしてあたしに惚(ほ)れないのか……ようやく分かったわ。お前、女なら誰でもいいってわけだな」

「は、榛七(はるな)さん？　なんか雰囲気が……」

「なるほどな、お前はただの女好きだったんだ」

ハッと息を吐くようにして、榛七(はるな)さんは笑う。

「……ムカつく。こんな美少女と一緒に過ごしてたら、普通すぐに惚(ほ)れるだろうが。気がおかしいのかよ、お前。なんか変だぞ」

「へ、変なのは榛七(はるな)さんの方では……？」

「あたしはこっちがデフォルトなんだよ。これまでの態度は全部お前を落とすための演技だ」

「演技って……」

たまにあったラブコメチックな雰囲気とか、優しい気遣いとか、もしかしてあれらすべてが演出？

いやまさか――――と思うまでもなく、俺は榛七(はるな)さんの豹変(ひょうへん)ぶりに素直に納得していた。

俺の知っている範囲ではあるものの、男子との接し方を思い返せば辻褄(つじつま)が合うというか。

オトしては振るというのを繰り返している彼女に、むしろ悪意があって安心している。

仮に天然でそれを行っている人がいたとすれば、それはもう手が付けられない化物だもんね。

これが榛七(はるな)さんの裏側、つまりは本性。

「この際だから教えてやる。あたしはな、男を自分の意のままに動かすのが生き甲斐なんだよ。まずは手始めに同学年の男子を制覇してやろうと思ってたのに……お前があたしに惚れないせいで話が進まねぇじゃねぇか」

「それを責められましても……」

「うるせぇ！　お前も大人しくあたしに惚れておけばいいんだよ！」

「ゆ、揺らさないで！」

俺の肩を摑んでぐわんぐわんと揺さぶっていた榛七さんだったが、やがて疲れたのか息を切らしながら手を止める。

この様子からしても、だいぶ鬱憤が溜まっていたらしい。

完全に八つ当たりだし、罪悪感を覚える必要はないはずなんだけど、なんだかちょっと申し訳なく思える。

「お前があまりにも靡かねぇから……むしろあたしの方が気になってきちまったじゃねぇか」

「え？」

「っ！　なんでもねぇよ！」

俺の肩を突き放した榛七さんは、深く息を吐く。

なんだろう、やっぱりすごく理不尽な目に遭っている気がする。

「はぁ……まあいいや。怒るのにも疲れちまったし」

「うん、ちょっと落ち着いてもらえると助かるよ」

俺のためにも。

「結局、お前を惚れさせるためにはこんなんじゃ足りないってことだよな？」

「え……いや、その……ちょっと待ってほしいんだけど」

「なんだよ」

「別にもう惚れさせるとか、そういうのはいいんじゃない？　これからは仲良く友達として過ごせば――」

「そんなもんあたしのプライドが許さねぇよ！」

怖い。これじゃギャルじゃなくてヤンキーだ。

いや、スケバンか？　時代違いか。

「あたしはな、お前があたしを特別扱いしないことが気に入らねぇんだ。この超絶完璧最高級美少女のあたしが、その他の女子と同じ扱いをされているのが気に入らねぇんだよ」

「た、確かに榛七さんは超絶完璧最高級美少女だけど……俺からすれば女の子は皆大事で……」

「だから、そんなのあり得ねぇだろって。人間なんて気に入った奴を贔屓するのが普通だろ。それが女子は皆大事なんて意味が分からないって話」

「……」

俺は榛七さんの言葉に対し、すぐに反応することができなかった。

すると彼女は呆れた様子でため息をつき、俺の目を覗き込んでくる。

「……ま、いいや。こうなったら、無理やりにでもお前を落としてやるから」

「む、無理やりって……暴力はやめてもらえるとありがたいんだけど」

「男が情けねぇこと言ってんじゃねぇ！　だけど安心しろ。あたしは暴力なんてものには頼らないから」

ああ、それならいいや。

俺の周りにはもう暴力担当がいるし、これ以上増えたらどうしようかと思った。

「……結局あたしはな、お前をあたしだけのモノにしたいんだよ。お前さえ落とせば、お前さえ惚れさせれば……そんな風に考えているうちに、いつの間にかそう思うようになっちまった」

「……それって」

「だけど……この感情が本物かどうか、あたしには分からない。お前があたしに惚れなさ過ぎるから、追いかけたくなっているだけかもしれない。だから……」

またもや俺の胸倉を掴み上げた彼女は、その鋭い眼光をさらに俺の目に近づけた。

「お前を惚れさせて……確かめる。お前があたしに惚れて、あたしの気持ちが冷めたら、この気持ちは偽物だ。でも、それでもあたしがお前を好きだったら――」

――この唇は、あたしがもらう。

榛七さんの指が、俺の唇に触れる。

温かいような、冷たいような。

奇妙な感覚が、俺の唇を通してゆっくりと広がっていく。

「つーわけで、あたしはこれからもお前や生徒会にちょっかい出すことにした」

「は、へ？」

「生徒会役員はどいつもこいつも美人ばかりだからな。あたしがいないところであいつらに横取りされるようなことがあったらムカつくし……ま、仕事の邪魔はしないから安心しろって」

そう言いながら、榛七さんは俺から少し距離を取る。

「じゃあな、今日はありがとう。なんだかんだ言って、楽しかったわ」

荷物を持ってベンチから立ち上がった榛七さんは、そのまま俺に背を向けて走り去っていく。

こちらに一切振り返らずに離れていく彼女の背を見て、俺は自分の心臓が高鳴っているのを自覚した。

「ああ……イケメン女子もいいなぁ」

俺の中に新たに芽生えた感情。

これは大事にしていこう。きっと俺の癖として、今後も活躍してくれるはずだ。
それにしても、どうしよう。
生徒会に近づかないようにしたかったのに、変に煽るような形になってしまった。
「……まあ、大丈夫か」
まるで根拠はないけれど、榛七さんは決して他人を陥れるような人間じゃない。
別に生徒会長の立場に興味もないだろうし、粗探しのようなことはしないだろう。
放っておくわけではないけれど、結局俺は女の子に強い言葉は使えないしね。
（――それにしても）
俺は去り行く榛七さんの背中を眺めながら、小さく息を吐く。
「よく気が付くなぁ、榛七さん」
〝気に入った奴を贔屓するのが普通〟
はっきりと言われて、俺はハッとさせられた。
そう、それが普通。

じゃあ――――俺は？

胸の奥に秘めていたコンプレックスが、少しだけチクッとした気がした。

第六章　世話焼きヒロインの見せる乙女は萌える

榛七さんとの騒動からしばらくが経過し、夏休みも迫り相変わらずの忙しさはあるものの、生徒会は普段通りの環境に落ち着いていた。

紫藤先輩やひよりには榛七さんの件を説明したけど、それから特に彼女からのコンタクトがないからか、何か言われる様子はない。

妥協させてしまって申し訳ないという気持ちもありつつ、同時に同じくらい感謝した。

「夏彦」

「はい」

「すまないがゴミを捨ててきてくれないだろうか？　もう袋に余裕がなくてな」

「分かりました、すぐに行ってきますね」

「ああ、助かるよ」

唯先輩からそんな指示を受けて、俺は動き出す。

生徒会にいる人間の数は限られているけど、それでもゴミというのはたくさん出るもので。

その内容は主に飲食物とたくさんの書類。

溜まったこれらのゴミを捨てに行くのも、雑務である俺の仕事だ。

「よいしょっと」

ゴミ袋をまとめて縛り、それを持って部屋を出た。

ゴミ捨て場は校舎の裏にある。

何事もなくそこに到着した俺は、教室ごとに出たゴミが積まれているところに袋を投げ置いた。

これでひと仕事終了。

新たな雑務をこなすため、生徒会室へと帰ることにする。

「花城君！」

しかしその道中、廊下を歩く俺に向かって、紫藤先輩が生徒会室の方から駆けてくるのが見えた。

かなり焦った様子を見て何事かと思い、俺も自分の足で少し距離を詰める。

「どうしたんですか？」

「はぁ……はぁ……もうゴミは捨てちゃった⁉」

「はい、今ちょうどゴミ捨て場に置いてきたところですけど……」

「……申し訳ないんだけど、またゴミ捨て場までついてきてもらえるかしら」

「え？」

「実はゴミ袋の中に予算案に関する大事な書類を捨てちゃったみたいで、今すぐ回収しないといけないの」

なんてこった。想像以上の出来事だ。

予算案を出すための資料ともなると、それがなければ正当な審査結果を出せなくなってしまう。

生徒会役員が予算案を作るというこの学校の仕組み的に、部活によっては生徒会に不満をぶつけてくることだって考えられる。

生徒が生徒のルールを決めるという環境である以上、普通の学校よりも生徒会と一般生徒の間に軋轢が生まれるのは必然。

だからこそ、会長は誰もが一目置くほどの欠点のない優秀な人材でなければならず、その最終決定にミスがあってはならない。

何が言いたいかというと、今めっちゃピンチってことです。

「な、なるほど……そういうことならすぐ戻りましょう」

「お願い……！」

俺は紫藤先輩と共に急いで廊下を引き返すことにした。

こんなにも急いでいるのには、ちゃんと理由がある。

この学校のゴミは、まず敷地内のゴミ捨て場に集められ、その後用務員さんがまとめて近場のゴミ集積所まで持って行く形になっていた。

今の俺なら、さっき捨てたゴミ袋がどれかすぐに分かる。

しかしゴミ集積所まで持っていかれてしまっていたら――。

「っ……！　遅かったみたい……」

そこにはもう俺の捨てたゴミ袋の山はなかった。

まだいくつか残っているけど、それらは明らかに俺らが出したゴミではない。

ちょうど用務員さんが運んでいる途中なのだろう。

「……仕方ない、ゴミ集積所まで行くしかないわね」

そう言いながら、紫藤（しどう）先輩はため息をついた。

なんだかいつもより疲れた様子が見受けられる。

最近は生徒会の仕事に加えて学期末テストがあったりと、役員たちは普段以上に多忙を極めていた。

それ故にだいぶ疲労が溜（た）まっていてもおかしくない。

ここは俺が一肌脱ぐべきだろう。

こういう時のために雑用係はいるのだ。

「俺が探しに行ってきますよ。紫藤（しどう）先輩は生徒会室で休んでいてください」

「それはすごく助かるんだけど……」

俺の提案を受けて、何故（なぜ）か紫藤（しどう）先輩は考え込むような様子を見せた。

なんだろ？　せっかく雑務という役職がいるのだから、これくらい任せてくれればいいのに。

「……いえ、やっぱり私も行くわ。二人の方が効率いいだろうし、結局ゴミの中のどれが重要書類なのか分からないでしょう？」

「それは確かに」

一応俺も書類仕事を手伝うことはあるけれど、やはり予算案などの重要書類となると会長、副会長が受け持つことが多いし、俺の立場ではほとんどそれに関わることができない。

だからどれが重要でどれがいらないのか、すぐに判断できない自信がある。

「でも……大丈夫ですか？」

「なんのこと？」

「ああ、いえ……なんだかすごく疲れているように見えるので」

俺が思ったことを口にすると、紫藤先輩はハッとした様子を見せた。

どうやら疲れているところを見せていた自覚はないらしい。

「確かに疲れは溜まっている気がするけれど、そんなことでは休んでいられないわ。どうせ生徒会室にいても別の仕事があるだけだし、それなら少しでも外の空気を吸っていられる仕事の方がいいと思わない？」

「吸うことになるのはゴミだらけの空気だと思いますけど……」

「細かいことはいいじゃない。そういう男はあまり好かれないわよ？」

紫藤先輩が妖艶に微笑む。

やはりこの人、時たま十代とは思えないほどの色香を発する時がある――。

控えめに言って、メロメロです。

「それで申し訳ないんだけど……見つかるまで付き合ってもらえる？」

「はい、もちろん」

集積所に集められたゴミは、基本的に翌日まではそこに残っているはず。

だから今日中に探し出せば、書類は無事であるはず。

俺らは学校を出て、ひとまず集積所へと急いだ。


「学校のゴミを捨てたのはあの辺りだねぇ」

途中、学校の用務員さんと遭遇した俺らは、集積所のどの辺りにゴミをまとめているかという話を聞いた。

集積所の管理人に許可をもらい、一旦用務員さんが教えてくれた場所へと向かってみる。

「割と多いですね……」

「そうね……根気を入れて探しましょう」

俺らの前に積んであるゴミの山。

一見相当な量に見えるが、これでも集積所からしたら氷山の一角だ。

この辺りという風にエリアが限定されただけ、だいぶマシである。

「私はこっち側から探していくわ。あなたは向こう側からお願い」

「分かりました」

紫藤先輩と二手に分かれ、俺は目の前のゴミ袋を仕分けていく。

情けないことに、もうどんなゴミ袋だったか記憶が曖昧だ。

ひとまとめにゴミと認識してしまっていたため、袋の表面に何が透けて見えていたかなんて認識すらしていない。

それぞれのクラスから出たゴミはパッと見で飲食物系が大半を占めているため分かりやすいが、プリントなどが多い袋は一々袋を開けて中を漁らなければならないのだ。

しかし、こんなところでめげている場合ではない。

生徒会の一員として役に立つため、俺はさらに漁るペースを上げる。

「お……？」

そしてとうとう、それっぽい袋にたどり着いた。

まず他の袋に入っていなかった生徒会関係の書類などが何枚か入っている。

そしてさらに探っていけば、底の底の方に数枚重なった状態でそれらしい書類が確認できた。

「これじゃないですか？」

「あっ……！」

俺から書類を受け取った紫藤先輩は、一枚一枚その書類たちを確認する。

そして最後の一枚を確認したところで、ホッと息を吐いた。

「これだわ、間違いない。ありがとう、花城君。おかげで助かったわ」

「お役に立てたようで何よりです」

「早速この書類は生徒会室に持ち帰って――」

紫藤先輩がそこまで言ったところで、ぽたりと、書類を持つ手に水滴が落ちた。

「あ……」

俺がそんな声を漏らしている間に、空から降り注ぐ水滴は数を増し、瞬く間に周囲を濡らし始める。

いわゆる夕立だ。

「っ！　先輩！　こっちです！」

「え!?」

俺は紫藤先輩の手を掴んで走り出す。

このままではせっかく取り戻した書類がぐちゃぐちゃになってしまう。

周囲を見回して作業員の休憩所を見つけた俺は、ひとまず紫藤先輩と共に逃げ込むことにした。

「ふぅ……先輩、書類大丈夫ですか？」

「あ、うん……少し濡れちゃったけど、まだ問題ないわ」

確かに予算案の書類は若干湿ってしまっているものの、酷い状態にはなっていない。

これなら少し乾かせば問題ないだろう。

「急に降ってきましたね」

「ええ……今週は夕立が多いみたいな話はニュースで見たけど、こんなに急だとどうしても避けられないわね」

「ですね……にしても、だいぶ強い雨だな」

身を寄せないと会話が成立しないくらいには、雨の音がうるさい。

もう少しおさまってくれないと、到底屋根のないところを歩くのは難しそうだ。

「そうね……っ、くしゅん！」

「おっと」

「ごめんなさい、少し体が冷えたみたい」

書類は守られたが、その書類を守るために覆いかぶさった体は無事とは言えない。

俺も含め、紫藤先輩の髪や体はじっとりと濡れてしまっている。

このまま放置すれば風邪を引いてしまうかもしれない。

ここで漫画やアニメなら俺が上着を貸してあげるシチュエーションなのだが、残念ながらワイシャツとその中にシャツを着ているだけの俺には貸せる服がなかった。

いや、でも……。

「先輩、俺のワイシャツ着ます？」

「いえ……意味ないと思うわ」

「ですよね」

このワイシャツもかなり濡れているしね。

貸したところで俺も風邪を引くだけだ。

「じゃあせめて体を寄せ合いますか」

「それって下心あるわよね？」

「何を言っているんですか。当たり前じゃないですか」

「そこは嘘でもそんなわけないですよって言ってほしかったわ」

女性に対して嘘をつくなんてとんでもない。

そんなことをするくらいなら黙ってここから立ち去った方がマシだ。

「ごめんなさい、あなたまでこんなところに拘束することになってしまって」

「気にしないでください。役員皆の手助けをするのが俺の仕事ですしね。それよりも……今回の件はかなり危なかったんじゃないですか？」

「え？」

「こういうこともあるんだと思うと……やっぱり油断できないですね、唯先輩には」

「……」

「……紫藤先輩？」

紫藤先輩は、俺の前で突然黙りこくってしまった。

その表情はどこか罪悪感を覚えているようにも見える。

そしてしばらくの沈黙の後、彼女はようやく口を開いた。

「……私なの」

「え？」

「この書類を捨てたのは、唯じゃなくて私なのよ」

その言葉を聞いて、俺は軽くショックを受けた。

唯先輩のミスだと決めつけてしまったこともそうだけど、あの紫藤先輩がミスをしたということに衝撃を覚えたのだ。

うっかりなんて誰にでもあるし、よほど悪意がない限りそれを責めるなんてことはできない。

だからそんな誰が悪い悪くないなんて話ではなく、これまで一度も仕事上でミスしたところを見たことがない紫藤先輩の失敗が、ただただ俺の頭の中に前提として存在していなかったのである。

「ふふっ……これじゃ唯の秘密を守るなんてえらそうなこと言えないわよね」

「い、いや……別にそんなことないんじゃ――」

思わず俺は口を閉じる。

俺の目の前にいるのは、常に周囲の人間に気を配りつつ已の仕事も完璧にこなす生徒会のまとめ役だと思っていた。

しかし、今ここにいる紫藤先輩はどこからどう見てもただの女の子である。

元々そうであったはずなのに、この人はきっとそれをずっと隠していたんだ。

「……大丈夫ですか、紫藤先輩」

「……？」

「なんか、すごく疲れているように見えます。最近ちゃんと休めてましたか？」

「そうね……まあ、あんまり休めてはいなかったかも」

廊下で合流した時に俺が感じた印象は、今になって答え合わせが行われていた。

今の紫藤先輩からは、俺が生徒会に入った時ほどの活力を感じない。

いつからこうだったのだろう。

疲れている女性に気づけないだなんて、俺は紳士失格だ。

「すみません……気遣いができなくて」

「花城君はよくやってくれているわ。だから謝らないで？」

「ですが――」

「実際、あなたが生徒会に入ってくれてから、仕事の効率は間違いなく上がったもの。……休めていないのは、本当に個人的な理由だから」

紫藤先輩は雨に濡れる近場のゴミに視線を落とし、小さく息を吐いた。

「……少し愚痴っぽくなってしまうんだけど、聞いてもらってもいいかしら」

「もちろん。俺でよければいくらでも」

「ふふっ、ありがとう」

それから紫藤先輩は、少し考えるような素振りを見せた。

おそらく話し出しをどうするか迷っていたのだろう。

「私ね、笑われるかもしれないけど……小説家を目指してるの」

「小説家、ですか」

「そう。小さい頃からずっと本が好きで、いつの間にか自分で書いてみたいって思うようになっていたのよね」

「……」

小説家やら漫画家やら、それがどういった職業なのか、俺ら消費者側はいまいち分かっていないことが多い。

だからその職業に就くための苦労がいかほどか、まずその入口がどこにあるのかも分からないわけで。

自分が知らないことを憶測で語り、否定する行為は嫌いだ。

だからこそ――――。

「俺はそれを笑ったりしませんよ。立派な夢だと思います」

「お世辞で言ってる？」

「そんな器用な人間に見えますか？　俺の言うことはいつだって本音ですよ」

女性に気に入られたいという理由で、俺は嘘をついたりしない。

必要な嘘は世の中にあると思うけれど、本気で何かを求めている人に茶々を入れているような気分になってしまうからだ。

俺にはまだ、夢がない。

だから何かを目指している紫藤先輩のことを、俺は心の底から尊敬する。

「……あなたのその言葉、何故かあっさりと信じたくなってしまうから不思議ね」

「俺に惚れちゃいましたか？」

「馬鹿」

怒られてしまった、とほほ。

「話を続けてください。紫藤先輩についてもっと知りたいんで」

「じゃあ、お言葉に甘えさせてもらうわね」

お茶目に笑った紫藤先輩は、そこから言葉を続ける。

「小説家を目指し始めたのは、中学生の頃からだった。それから毎年……賞を目指してこの時期は原稿を書いてるの。初めの年は完成させることすらできなかったけど、ここ二年くらいはちゃんと仕上げられるようにはなったかな」

「めちゃくちゃ成長しているじゃないですか……」

原稿って大体原稿用紙で何枚くらいなんだろう？

まあ何枚だったところで、これまで作文くらいでしか文章を書いたことがない俺からすれば簡単なことじゃないと思うけど。

ちなみに中二病ノートは別ね。

もうあれは高校に上がる時に処分したから。存在ごと抹消したから。

「じゃあ、今は今年の分の原稿を書いてるってことですか？」

「そういうこと。毎日学校から帰って受験勉強を終わらせたら、後の時間は全部執筆に当ててるの」

「……先輩、ちゃんと寝られてますか？」

「寝てるわ。毎日三時間くらいは」

「医者が怒りますよ……」

必要な睡眠時間は、基本的に六から七時間。

もちろん短い睡眠時間でも問題なく活動できる人もいると思うけど、やはりほとんどの人間は健康的被害が出やすくなる。

いくら十代の若い体とはいえ、そんな日々を何十日と続けていたら苦しくなるに決まっていた。

「でも泣き言なんて言っていられないでしょ？　だって睡眠時間を削っているのは、今の生徒会を守りたいっていう気持ちと、夢を追いたいっていう気持ちを持つ私の我儘なんだから。ちゃんとやることはやらないと」

「それは……間違ってないと思いますけど」

「身を削ってでもやりたいことなのよ。私にとっては」

そこまで言われてしまえば、俺も強く言えない。

いくら紫藤先輩の顔色が悪くとも、本人に生活を改善する気がないのであれば、いくら助言をしたところで意味はないのだ。

「私がやってることはね、全部私自身の我儘なの。小説家を目指していることも。小説家になれなかった時のことを考えて、いい大学に行くために勉強していることも。……唯を生徒会長にして、その座を守っていることも」

「え？」

最後に付け足された言葉に、俺は驚かされた。

「雨、まだ止みそうにないわね。もう少し昔話をしてもいい？」

「むしろここまで話を聞いてしまったら全部気になりますよ。こっちからお願いしたいくらいです」

「話を聞かせたくなる天才ね、あなたは」

俺は本当に心の底から先の話が気になっているだけだけど、紫藤先輩に褒められたからヨシ。

「あの子……唯とはね、小学校の頃から一緒だったの」

「幼馴染ってやつですか」

「そうなるわね」

俺とひよりと一緒だ。

「小学校に入学したての頃、私はずっと……唯のことを可哀想な子だと思ってた」

「可哀想な子、ですか」

「あの子、昔は本当に何もできなかったの。勉強もスポーツも、何もできなかった」

紫藤先輩は、そう言いながら目を細めた。

おそらく当時のことを懐かしんでいるのだろう。

「私はどちらかと言えば優秀な子だったし、唯とはほとんど接点もないまま小学三年生になったわ。その時に、私は見てしまったの。あの子が苦手な逆上がりを放課後中練習しているところを」

紫藤先輩は、ゆっくりと続けてこう話した。

「ちょうど今日みたいに、強い雨が降っていたわ。もちろん鉄棒も濡れていたし、そのせいで手が滑って落ちたのか、唯の服は泥にまみれてぐちゃぐちゃだった」

「……」

「ちょっとした好奇心で、私は唯に話しかけてみた。『どうしてそんなに頑張ってるの？』って。別にできないことはできないでいいじゃないって、ずっと思ってたから。でもね、あの子は私に言ったの」

私は他の人よりも〝駄目〟だから、〝駄目〟じゃなくなるまで頑張らないと——って。

その言葉を口にした紫藤先輩は、フッと息を漏らして笑った。

「申し訳ないけど、すごくおかしな子だと思ったわ。それと同時に、怖いとも思った」

「唯先輩が、ですか？」

「いえ……この子の努力が、頑張りが、もしも報われなかったらって思ったら……すごく怖くなったのよ」

到底、小学生が考えることだとは思えなかった。

一般的なエロガキだった俺の小学生時代と比べて、まるで彼女たちは別の世界を生きてきたかのような、そんな越えられない壁が見える気がする。

「だから私は、唯の努力を手伝った。人一倍自分で勉強を頑張って、唯に教えたりもしたわ。まあ、私も運動は苦手だったから、そこだけはあの子の独学ってことになるけど。でも頑張った甲斐あって、小学校を卒業する頃には、唯は他の子よりも勉強も運動もできる子になっていた」

「めちゃくちゃすごいじゃないですか……」

「ふふっ、努力の時間が桁違いだもの。それくらいになってくれなきゃ困っちゃってたわ」

紫藤先輩はお茶目に笑っているけれど、内心かなりホッとしたことだろう。

そんな気配が、なんとなく声色に滲んでいる気がした。

「それから私たちは目標を変えて、努力による結果を色んな人に見てもらうことにした。子供ながらの自己顕示欲よね。だから中学校の生徒会長に、唯を推薦してみたの」

「中学の頃から生徒会長だったんですか」

「そうよ。あの子が会長で、私が副会長。その図式は今日までずっと変わらない」

なんて、気が遠くなるような話だろう。

中学校からの六年間、二人は自分たちの努力を証明するために、生徒会長と副会長の座に就き続けているわけだ。

今後の人生を少しでも有利にするという報酬を求めるでもなく、生徒会長という限られた人間だけが名乗ることのできる立場で居続けることこそが、この人たちのアイデンティティだったのだろう。

「私はあの子を生徒会長のまま卒業させたいの。そうじゃないと……私の努力が否定されたような気持ちになっちゃうから。……ね？　全部私の我儘(わがまま)でしょう？」

そう言って、紫藤(しどう)先輩は苦笑いを浮かべた。

俺はこのことで、ようやく腑(ふ)に落ちたことが一つある。

唯(ゆい)先輩から感じる、自己肯定感の低さ――。

その正体が、ようやく分かった気がした。

唯(ゆい)先輩は、ずっと自分が他人より劣っていると思いながら生きてきたのだろう。

だから自分に自信がなく、謙虚な姿勢を貫いているのだ。

「まあ、幸いあの子も生徒会長でいることに誇りを持ってくれているみたいだし、そこはWINWINだと思うけど」

「そういう風に支え合える相手がいるって……なんだか羨ましいですね」

「あら、そういうあなただってひよりちゃんとは幼馴染(おさななじみ)なんでしょう？　何か二人だけのエピソードとかあったりしないの？」

「え？」

「まだ戻れなさそうだし、私ばっかり話したんじゃズルいんじゃない？」

「……確かに、先輩にばっかり話させるのは公平じゃないですね」

ひよりとのエピソード、か。

頭の中に浮かぶのは、彼女から受けた数々の暴力――という名の俺へのツッコミばかり。

とはいえ、ひよりに関係することで忘れられないことが一つだけある。

いや、正確には、忘れてはいけないこと……かな。

「実は、俺も昔空手を習っている時期があったんです。ひよりとは当時通ってた道場で知り合いました」

あれは小学校低学年の頃。

親から何か習い事をするように勧められた俺は、初見でカッコいいという印象を抱いた空手を習ってみることにした。

しかし俺に人を殴る才能はなかったらしく、型を覚えるだけでも一苦労。

周りからも笑われるような日が続いて、いよいよ辞めようかと思っていた頃……泣きべそをかく俺を見かねたひよりが、声をかけてきてくれた。

「今でも忘れられそうにありません、あの時ひよりがかけてくれた言葉が……」

「ひよりちゃんは、どんなことをあなたに言ってきたの？」

「はい、『才能ないんだから辞めたら？』って」

「……え？」

紫藤(しどう)先輩の目が丸くなる。

まあこういう反応が普通だよね。

「馬鹿にこそしてこなかったですけど、ひよりからしたら才能もないのに俺が無駄なことをしているって思ったんでしょうね。実際のところ、本人的には親切のつもりだったらしいので」

「……当時から言い方が辛辣だったのね、ひよりちゃん」

「確かにああいう部分は変わらないですね。ただ俺としてはそれも気に入っているので、変わってほしくないですけど」

俺は優柔不断で悩むことも多いから、ひよりのようにスパッと物事を切り捨ててくれる人が近くにいると本当にありがたいと感じる。

もちろんそれが苦手という人間もいるかもしれないし、言葉が強すぎるように感じる人もいると思うけれど、俺からすればそれがちょうどいいのだ。

「だけど当時の俺はそう言われたのが悔しくて、なんか変にムキになっちゃって、ひたすら道場に通うようになりました。ひよりはああ見えてずいぶん優しいので、そんな俺とも絡んでくれるようになって……」

俺が空手で強くなることは本当になかったけれど、それでもひよりはそんな俺に呆れつつも絡んでくれた。

今思えば、少なからず俺をムキにした責任みたいなのを取ってくれていたのかもしれない。

「……そんな日が続いた時、ひよりが道場にいた子たちと喧嘩をしちゃったことがあって」

「喧嘩？　あのひよりちゃんが？」

驚くのも無理はない。

今もひよりはめちゃくちゃ強いけれど、ちゃんと自分の拳が凶器になり得ると理解している。

だから絶対に他人にそれを振るおうとはしないし、喧嘩をするなんてもっての外だ。

「俺はその場にいなかったんで、後から詳しく聞いただけなんですけど……どうやら手を出してきたのは相手の子たちみたいで、ひよりはずっと手を出すのを我慢していたみたいなんです」

「……喧嘩になった理由を聞いてもいいかしら」

「本人曰く、俺といつも一緒にいることを茶化されたからって言ってました。ひより的にはかなり嫌だったみたいですね」

「あら……」

「ただ、この話には続きがあって――」

後日、ひよりが喧嘩した相手の子たちが、俺の下に謝りに来た。

確かに彼らはひよりのことをからかったけれど、彼女を怒らせた本当の理由は、そこから俺のことを馬鹿にしたような発言をしてしまったせいだったらしい。

「ひよりちゃんは、花城君のために怒ったのね」

「ははっ、本人に言うと怒りますけどね。でも、嬉しかったなぁ」

何よりひよりが俺のことを友達だと思ってくれていたことが嬉しかった。

「花城君はそれから空手は辞めちゃったの？」

「恥ずかしながら、中学に上がる時に辞めましたね。結局好きにはなれなかったですし、勝てるようになったわけでもなかったんで」

俺には本当に才能がなかったようで、大会などに出ても一勝もできなかった。

ひよりがキレた一件で直接馬鹿にされるようなことはなくなったけど、空手という道に触れ続けていること自体が辛くなってしまったのだ。

辞めると決めた時、ひよりは特に何も言わなかった。

『あっそ』とか、そんな程度だった気がする。

今思うと、ひよりはずっとひよりらしく生きているなぁ。

「辞めてからもひよりはずっと変わらず接してくれましたし、きっとあいつにとって、俺が空手をやっているかどうかっていうのは関係なくなっていたんでしょうね。それもまたありがたかったなぁ」

「……本当に好きなのね、ひよりちゃんのことが」

「はい、大好きです」

「い、言い切るのね……」

ここまでされて、ひよりのことを好きになるなと言われる方が難しい。

しかし、別にまだ恋愛的な意味とは言っていないけれど。

「ひよりは色んな意味で俺の人生を変えてくれた人です。だから俺みたいな男が恋愛感情を抱いていい相手じゃないんですよ」

「……花城君？」

「お、少しは雨止んできたんじゃないですか？」

俺は屋根から外に手を伸ばし、そう言った。

土砂降りだった雨は落ち着き、今は小雨と言えるレベルになっている。

これくらいなら書類を濡らさないようにしながら帰ることができるはずだ。

「戻りましょう、紫藤先輩。みんな待ってると思いますし」

「……そうね」

そうして俺らは、学校へと戻ることにした。

話を逸らしてしまった自覚はある。

しかしながら、この先の話は勢いで話せるようなことではなかった。

俺が生徒会に居続ける限り、いつか話す機会はあるだろう。

「夏休みまで残すところあと三日ってところか、お前ら羽目を外しすぎんなよ。限られた時間を大事に使え。じゃないとあっという間にあたしみたいな大人になっちまうからな」

紫藤(しどう)先輩と雨宿りをした、その翌日のホームルーム。

俺らの担任である甘原(あまはら)先生は、よれたシャツの襟を正しながらそう言った。

「課題はまあ……ほどほどにやれ。あたしもほとんどギリギリになって友達に写させてもらってたからなぁ……あれ意味あるのかよ、マジで。提出されたところで量が多すぎてろくに確認もしないんだぜ？　絶対意味ねぇって」

「アマセン！　それ絶対教師の発言じゃないと思います！」

「アマセンって呼ぶな。テメェの課題だけ入念にチェックしてやるぞ」

「ぎゃー！　やめてくれー！」

クラスのお調子者と甘原(あまはら)先生の小気味いいやり取りで、教室内に笑いが巻き起こる。

このクラスのこういう雰囲気は、俺も好きだ。

クラス仲は間違いなくいいし、居心地もいい。

それも全部、甘原(あまはら)先生のおかげだと思う。

あの人は多分すごく頭がいい。

だからある程度計算した上で、俺らと接しているんだと思う。

「つーわけでホームルームはここまで。今日発売の新作ゲームを買いに行くから、さっさと帰りてぇんだよ。早いとこ挨拶して解散にしよう」

でも態度はだいぶ悪いんだよね、実際。


「ダーリン！　一緒に帰ろ？」

「ええ……？」

「おい」

ホームルームが終わって真っ先に話しかけてきた榛七さんを見て、俺は顔をしかめた。

あれから榛七さんはよく俺に絡んでくるようになったのだけれど、その頻度を見るに、どうやら俺のことを本気で落とそうとしているらしい。

そのガツガツとした姿勢のおかげでむしろ惑わされずに済んでいるということを、榛七さんはまだ気づいていないようだった。

ともあれ、単純に校内で彼女と話すのは危険だ。

周りの男子たちからの視線があまりにも厳しくなる。

美少女のために死ぬのは構わないけれど、嫉妬されて男に殺されるのはごめんだ。

「こんな美少女の誘いなら一発ＯＫだろ。ぶっ殺すぞ」

「駄目だよ榛七さん。美少女は殺すとか言わないし、脇汗もかかないし、排泄もしないんだ」

「馬鹿みたいな夢見てるな、お前」

うるさいうるさい。

それでも俺は信じているんだ。

信じる者は救われるんだ。

「……また夏彦と榛七の組み合わせか。あんたら最近よくつるんでるわね」

「助けてくれひより。一方的に絡まれているんだ」

「男子たちにそのセリフ聞かせてやりたいわ。あんたがタコ殴りにされているところ見てみたいもの」

「いやだ。どうしてひより以外の人間に殴られないといけないんだよ」

「どうしてウチに殴られる前提で話しているわけ？」

「だってひよりの拳は愛情の表れだろ？」

「やっぱり一回死ね」

ひよりの拳が俺の顔にめり込む。

そうそう、これこれ。

やっぱりこれがないと締まらないっていうかさ。

もはやこの痛みすら嬉しく思うもんね。

「ちょっと、一ノ瀬さん！　暴力は駄目だよ！」

「何かわい子ぶってんのよ。さっきまでの口調はどうしたの？」

「……チッ、聞いてやがったか」

「耳も目も人一倍よくてね。意識してなくても自然と聞こえるのよ」

そう。だからひよりは俺が小声で言った悪口なんかも耳聡くキャッチする。

いわゆる地獄耳ってやつだ。

厄介なことこの上ない。

「……今あんた、失礼なこと考えてない？」

――心まで読めるようだ。

「まあいいわ。っていうか、あんたらいつの間にそんなに仲良くなったの？」

「ああ、何日か前に休日デートしたからね」

「デートって……」

「生徒会に榛七さんが押しかけてきたことあったでしょ？　あの後だよ」

それを聞いて、ひよりは納得したように相槌を打った。

「ふーん……それで何？　あんたらもう付き合ってるわけ？」

「いや、別に付き合ってはいないよ」

「え、付き合ってないのにその距離感？」

言われてみれば、榛七さんと俺の身体的距離はだいぶ近い。

俺は動いていないし、おそらく榛七さんの方が少しずつ距離を詰めてきているのだろう。

もうすぐ匂いも届いてきそうだ。

っていうかもうすでにシャンプーの匂いはする気がする。

ラッキー、覚えておこう。

「あたしは振り向かせる気満々だけどな。こいつの唇はあたしが奪うって決めたんだ」

「唇ってあんた……」

「そのためにもまず、校内で一緒にいる時間を増やす。あたしとこいつが付き合っているって噂が広がれば、どんな女子だって簡単には近づかなくなるだろ。牽制は大事だからな」

なんて恐ろしい作戦を実行しようとしているんだ、この人は。

確かに女子は近づいて来なくなるかもしれないけれど、代わりに男子はたくさん近づいてくるぞ。

主に俺を始末するために。

「……あのさ、こいつのどこがそんなに気に入ったわけ？　腐れ縁のウチが言うのもあれだけど、間違いなく変よ、こいつ。悪い奴じゃないのも確かだけど、あんたなら性格もよくて変じやない奴だって選び放題じゃない」

「あたしだって分かんねぇよ。でも、こいつだけなんだよ。簡単にあたしに惚れない奴は」

榛七さんは、面倒臭そうに自分の頭を掻いた。

「意地でも落としてやろうと必死になってたら、いつの間にかこいつが気になるようになった。理由はそれだけ」

「……あんたも大概変人だったわけか」

「そういうお前だって、自分で変だって認識している奴とずっと一緒にいるわけだろ？　十分変人じゃねぇか」

ひよりが俺の方を見る。

変人だ変人だと言われ続けている俺は、もはや苦笑いを浮かべることしかできない。

「……ふっ、そうね。ウチも大概変人だわ」

「なんだ、意外と面白いな、一ノ瀬」

「あんたも素を出している時の方が接しやすいわ。ずっとそのままでいればいいのに」

「バーカ。男子の前では猫被らねぇと」

「プロみたいなこと言うのね……」

あっという間に打ち解けてやがる……。

これ俺の方がお邪魔なんじゃないか？

「――そういえばお前ら、生徒会は大丈夫なのか？」

「ん？　これから向かう予定だよ。時間はまだ大丈夫」

「いや、そういう意味じゃなくてだな」

「……？」

突然おかしな心配をし始めた榛七さん。

彼女は鞄からスマホを取り出すと、その画面を俺とひよりに向けて見せてきた。

「ッ⁉」

「ほら、さすがにこれはヤバいだろ」

そこに映っていたのは、裸の女の子。

胸と下半身はそれぞれ手で隠しているけれど、かなり際どい姿をしている。

しかし、何よりも俺らの動揺を誘ったのは――――。

「こ、これ……八重樫センパイ、じゃない？」

ひよりが疑問を漏らす。

そう、そうなのだ。この女の子の顔に、俺らは見覚えがある。

整った顔立ちに、流れるような美しい黒髪。

どう見てもこの顔は、俺らの知っている八重樫唯だった。

「SNSとかでよくある、いわゆる〝裏アカ〟ってやつだな。少し前から噂にはなっていたらしいけど、最近になってこの画像を載せたアカウントがこの学校の生徒たちの間に広まってる」

「唯先輩の……裏アカ？」

「まあ、表面だけ見たらそうなんじゃねぇの？」

改めてよく見てみるけど、やはり顔立ちはどう見ても唯先輩だ。

改めてよく見てみるけど、中々綺麗なくびれと柔らかそうな太ももだな。

改めてよく見てみるけど、体つきは資料室で見たものとなんとなく違う気がする。

改めてよく見てみるけど――――。

「見過ぎよ」

「へぶっ」

ひよりのチョップが脳天に直撃する。

こればかりは素直にごめんなさい。

「エロ馬鹿なこいつは置いといて……ひょっとしてこれ、コラ画像とかなんじゃないの？」

「んー、まあその可能性は大いにあるだろうな。裏アカってやつは基本的に顔を映すことは少ないし」

「やけに詳しいじゃない」

「あたしはやってねぇぞ？　でも読モの中で裏アカ絡みの問題を起こした女がいて、それで少し詳しくなったんだ」

「ふーん……」

コラ画像――要は誰かが唯先輩の写真を切り取って、裸の女性と組み合わせたということか。

うん、なんかそっちの方がしっくり来る。

唯先輩のことをよく知っている俺らからすれば、彼女がどんなストレスを抱えていたとしてもこういう自己顕示欲の満たし方をする人ではないと分かる。

問題なのは、そういう認識をしているのがおそらく俺らだけであること。

唯先輩のポンコツを知らないほとんどの生徒から見れば、『生徒会長という立場の重圧のせいで性欲が爆発してしまった変態』になってしまう。

「昨日の夜に一気に広まって、もう結構話題になってる。お前らどうするんだ？」

「……夏彦、早く生徒会室に行くわよ」

真剣な顔つきになり、ひよりは席を立つ。

こればかりはのんびりしていられない。

俺も荷物を持ち、すぐに立ち上がった。

「情報ありがとう、榛七さん。とりあえず皆と話し合ってくる……！」

「感謝してんなら今度またあたしとデートしろよ」

「そんなのむしろご褒美ですっ！」

俺はそう叫びながら、ひよりと共に生徒会室へ向かう。

もどかしくも思える廊下を駆け抜け（本当は駄目だけど）、俺らは生徒会室へと飛び込んだ。

「八重樫センパイ！　紫藤センパイ！　校内によくない話が――って、もう伝わってるみたいですね」

部屋に飛び込んだ俺らを待っていたのは、先に来ていた紫藤先輩の放つ暗い雰囲気だった。

双葉さんはいつも通りの顔をしているが、どことなく困惑しているような気配も感じる。

そして当事者である唯先輩は、どうしたものかと考え込むような様子を見せていた。

「ええ……裏アカの話でしょう？　困ったものよね……もうすぐ夏休みだっていうのに」

紫藤先輩は酷く疲れた様子で呟いた。

昨日雨に濡れてしまったせいか、それとも今回の騒動のせいか、紫藤先輩の顔色はずいぶんと悪いように見える。

もうすぐ夏休み。

生徒会の仕事自体もそこで一日休むことができるようになるし、もう少しの辛抱といったところだったのだけど――。

「来たばかりで申し訳ないんですけど、あの裸の写真を載せているSNSは、八重樫センパイのアカウントってわけじゃないんですよね？」

「無論だ。そもそも私はこういったSNSをやっていないし、胸にあるほくろの位置も全然違う」

「ほくろの位置の話はどうでもいいんですけど……まあ、八重樫センパイが否定するってことは、これは悪質な嫌がらせってことになるわけね」

ひよりから舌打ちが聞こえてくる。

悪質な嫌がらせとなると、犯人は唯先輩を生徒会長の座から引きずり下ろそうとしている連中の誰か。

――いや、まだ断定はできない。

本当にただ思惑もない純粋な悪ふざけだって可能性もあるし、そもそも目的が分かったところで犯人を特定することは難しいと思われる。

犯人捜しを優先するのはリスクが高い。

最初からこれが唯先輩本人ではないということを主張した方が、まだ早いか。

「……この後、甘原先生が来てくれるわ。事態を受けて教師陣がどういう対応をするつもりなのか、今後のことを聞きましょう」

紫藤先輩の言葉に、俺らは頷く。

俺らが恐れるのは、唯先輩に対する不信任決議。

先生を交えて相談し、なんとかそれだけは回避しなければならない。

「おう、お前ら揃ってるか」

「はい、お待ちしていました」

「そか、じゃあひとまず席についてくれ」

　到着した甘原先生から指示を受け、俺らはそれぞれ席に座る。

　そして彼女は気まずそうに頭を掻いた後、ため息と共に話し始めた。

「まず、八重樫の〝裏アカウント〟の存在については、職員室の方でも話が広がっている。最初に聞いておくが、これは八重樫本人か？」

「いえ、私はこのようなことはやっていません」

「そうか、ならこれは嫌がらせか、悪ふざけってことになるな」

　本当にふざけた話だ。

　こんな画像を作られたら、誰だって不快に感じるに決まっている。

　今は気丈に振る舞っている唯先輩も、何かしら思うところがあっても不思議じゃない。

「あたしは八重樫を信じる。ただ学校中がその方向でまとまるとは限らねぇ。教師陣は説得できるけど、もうすでに生徒たちには嫌な方向性で広まっちまってる。犯人がさらなるアクションを起こす可能性もあるし、夏休みに入っちまったら否定するタイミングもなくなる」

「……そのまま不信任決議案が出るという可能性はありますか？」

　紫藤先輩の投げかけた質問を受けて、甘原先生は顔をしかめる。

「まだなんとも言えないが……悪いけどゼロとは言い切れない。生徒側から不満が出れば、あたしらは対処しないわけにもいかないからな」

ほとんどの生徒は、生徒会なんてものに興味はないし、生徒会長が誰だろうがどうでもいいと思っている。

しかし何度も話題に出てくるような、会長の座を狙っている連中は違う。

この学校で生徒会長を任されているということは、やはりかなり大きなステータスなのだ。

「となると……終業式の日の生徒会長挨拶、それを利用すべきでしょうか？」

「そうだな。それが一番弁明の舞台としてはちょうどいい」

終業式の日、生徒会長には全校生徒の前でスピーチをする時間が与えられる。

それは生徒会長として必要な仕事であり、威厳を示す場としてはこの上ないタイミングだ。

「これからあたしらは、余計な噂を信じないようにと生徒たちに言い聞かせる。お前らはなんとしてもスピーチを成功させて、他の生徒たちにこれ以上の疑いを抱かせないようにしろ。分かったか？」

「はい……」

「よし。——一応、こっちで犯人捜しをすることもできなくはないが、どうする？　八重樫」

「……」

問いかけられた唯先輩は、しばらく考えた後、口を開いた。

「いえ、今は必要ありません。今犯人が見つかったとして、おそらくその生徒は酷い注目を浴びることになるでしょう。私が守るべき生徒が苦しい目に遭うと分かっていて、それを実行に移す気持ちにはなれません」

「……たとえそれが自業自得でもか？」

「私が生徒会長として未熟であることは分かっていますし、そのことで不満を抱える生徒がいることも分かっています。そういった者たちの心も私は受け止めていくつもりです。そしてそういう者たちにも、私が会長であることを認めてほしいと思っています」

「立派なことだな。十年前のあたしに分けてやりてぇ心構えだ」

確かに俺も唯先輩の心構えは素晴らしいと思う。

ただ、甘いとも思う。

皆が皆、唯先輩の心意気に感心するわけではない。

いつか、彼女が差し伸べた手を掴み、穴の底へ引きずり落とそうとする者が現れるかもしれない。

そうなった時、唯先輩は一体どれほどの絶望感を覚えるのだろうか。

――まあ、そうならないように俺らがいるんだけどね。

「じゃあ頼んだぞ、お前ら。こう見えてあたしは、お前らのいる生徒会が結構気に入ってんだ。

簡単には折れるなよ」

ヒラヒラと手を振って、甘原先生は生徒会室を出て行った。

軽そうに見えて、あの人は生徒のためにちゃんと親身になってくれる。

しかしながら、それは俺らだけを贔屓しているというわけじゃない。

唯先輩が生徒会長に相応しくないと判断されたその時は、きっとしかるべき対処を実行してくるだろう。

だから俺たち側としても、甘え過ぎてはいけない。

そんなの自分たちじゃどうすることもできませんって口に出して言っているようなものだしね。

「すまないな、お前たち。こんなことに巻き込んでしまって」

「ウチらは別に八重樫センパイのせいなんて思ってないですよ。悪いのは全部こんな画像を作った奴ですし」

ひよりの言葉に俺や双葉さんは同意を示した。

唯先輩が責任を感じる必要なんてない。

俺らは本来の方針通り、生徒会長である唯先輩を守るだけだ。

「……終業式まではあと三日。それまでに私たちがやるべきことはなんでしょうか」

「ひとまずはスピーチ用の原稿の用意？　どの道ウチらにできることは少なそうだけど」

双葉さんとひよりの視線が、紫藤先輩へと集まる。

「いつも通り、スピーチの原稿は私が書くわ。それでいいでしょ、唯」

「すまない、頼めるか？」

「私の仕事だもの。ちゃんと責任もって書き上げるわよ。それに、元々書く予定ではあったしね」

俺はそこで口を挟みたくなった。

紫藤先輩はすでに仕事や人生の目標のために一杯いっぱい。

これ以上仕事を増やすのは、だいぶ抵抗がある。

ただ……原稿を書く仕事なんて、それこそ俺などには務まらないわけで。

実際に口を挟めなかったのは、俺がそれを理解していたからだ。

ならばせめて俺にできることは――――。

「……一旦お茶でも淹れましょうか！　じたばたしても俺らにできることは少ないですし、ここらで気持ちを静めましょう。ぴりぴりしたっていいことないです！」

「夏彦……ああ、それもそうだな。頼めるか？」

「はい！　とびっきり美味しい紅茶を淹れますね！」

少しでも皆の疲れを取る。

雑用しかできない俺にできることは、もうそれくらいしか残っていなかった。

その日はいつも通りに仕事をこなした。

もう生徒会としての仕事は終わりが見えており、このまま順当にいけば終業式前日にはすべて済む――――らしい。

俺は相変わらず雑用メインだから、生徒会本来の仕事についてはほとんど分からないんだよね。二学期はもう少しちゃんと手伝えたらいいんだけど。

「ふぅ、今日も少し早く終われたな。そろそろ解散にしよう」

「んー！　終わりが見えていると気持ちが楽ですね……」

「そうだな。ひよりに椿姫、アリスと夏彦、皆本当によく頑張ってくれている。お前たちのような優秀な人材が集まってくれたことは、会長として鼻が高いよ」

そう言いながら、唯先輩は会話相手だったひよりを含めて俺たちに視線を送る。

できることならこの五人で無事に二学期を迎えたい。

その気持ちだけは、全員一致していた。

「さて、帰るとしよう。……アリス、すまないが」

「そんな何度も謝らないで？　私は自分のやるべきことをやるだけだから」

「……ああ、分かった」

俺らは帰り支度を済ませ、部屋を出て行こうとする。

そこでふと、俺はいまだ帰る様子のない紫藤先輩に意識を奪われた。

「あの、帰らないんですか？　紫藤先輩」

「ん？　ああ、帰る前にもう少しだけ明日の仕事を進めておきたいの。こういう余裕がある時こそできるところまで進めておかないとね」

紫藤先輩は、そう言いながら笑みを浮かべた。

俺からしたら、正直無理して笑っているようにしか見えない。

「……先輩、今は少しでも休んだ方が――」

「あ、そうだ。花城君、唯を家まで送っていってあげてくれない？」

「え？」

「もしかすると、あの写真の件で唯にちょっかいを出してくる輩がいないとも限らないでしょう？　だからボディガード役をお願いしたいの」

「そ、それは構わないんですけど……ボディガードというなら俺よりもひよりや双葉さんの方がいいんじゃないですか？」

「いいえ、あなたがいいの。そもそも近づいてきた人を暴力で跳ね返すなんて絶対やっちゃいけないし、拳が使えないならあなたであってもひよりちゃんであっても力関係は変わらないわ」

「なら……」

性別的な距離感もあるし、なおさら俺じゃなくてもいいんじゃないですか？

そう疑問をこぼす前に、紫藤先輩は言葉を続ける。

「唯を、気遣ってあげてほしいの」

「気遣う？」

「なんにも動じていないように見えるけど、少なからず唯だってショックを受けているはずよ。どこの誰かも分からない人に、いわれもない噂を流される……そんなの、気にしないっていう方が難しいわ」

それは当然だ。

自分がやっていないはずのことで、勝手に他人から見た自分の像が作られる。

そんなの、怖いに決まっている。

「あなたが自分のことをどう思っているかは分からないけれど、あなたほど気遣いの上手い人に私は出会ったことがないわ。だから、少し……ほんの少しでもいいから、唯のことを癒してあげてくれないかしら」

「……分かりました。紫藤先輩のご指名とあれば」

美少女からここまで懇願されておいて、断れるわけがない。

俺は紫藤先輩に背を向け、唯先輩を追うべく部屋の外に飛び出す。

「あ、引き受ける代わりと言ってはなんですけど、紫藤先輩もちゃんとこの後休んでくださいね？　俺と約束してください」

「……ふふっ、分かったわ。約束する」

「ありがとうございます。それじゃ、また明日」

俺はそう言い残し、完全に生徒会室を後にした。

そしてそのままの足で唯先輩の背中を追いかけ、間もなく追いつく。

「唯先輩！」

「ん？　どうした夏彦。私を追いかけてきたのか？」

「はい、紫藤先輩に唯先輩を家まで送るよう言われたんで」

「アリスから？　相変わらず過保護だな」

唯先輩はどことなく不満げだ。

まあ子供扱いされているようなものだし、あんまりいい気分じゃないのは分かる。

「まあまあ、もしかしたらあの写真のことで唯先輩に詰め寄る人がいるかもしれませんし、そういう人を近づかせないためにも俺を連れて行ってくださいよ」

「ふむ……まあそう言われてしまえば受け入れざるを得ないか」

「ありがとうございます」

というわけで、俺は唯先輩と帰ることになった。

あの憧れの生徒会長と一緒に下校できるなんて、少し前の俺からしたら喉から手が出るほど欲しいと思う権利だろう。

しかしながら、浮かれている場合でもない。

仕事はしっかりやらなければ。紫藤先輩が身を削って生徒会に貢献している意味がなくなっちゃうしね。

「では行くか、夏彦」

「はい！」

そうして俺は、唯先輩と共に歩き出した。

第八章　ラブコメの「紳士」はヘタレの換言

俺と唯先輩はそのまま階段を下り、下駄箱で靴を履き替えて外に出る。

やはり校内屈指の有名人と共に歩いているからか、視線がすごい。

そもそも唯先輩が紫藤先輩以外と一緒に歩いているところってあまり見ないしね、まあこうなるのも仕方がない。

もしかして、唯先輩の彼氏だって思われてたり？

――いや、やめておこう。

この状況では若干不謹慎だから。

「先輩の家はどこなんですか？」

「ここから二十分ほど歩いたところだ」

「へぇ、徒歩通学ですか」

「ああ、電車を使おうとするとうっかり寝過ごしてしまうことがあってな……あんまり乗るなとアリスから言われている。だから高校も自転車や徒歩で行ける距離を選んだんだ」

「な、なるほど……」

そんなところでもポンコツが発揮されるのか、本当に筋金入りなんだなぁ。

いや、もはやポンコツで済ませていいのか？

――ま、いっか。あるよね、寝過ごすことくらい。

俺は女の子に対しては基本的に全肯定なのだ。


それから俺らはしばらく歩き、住宅街へと差し掛かる。

夕暮れ時の中、唯先輩と世間話をしながら歩くのは、俺にとって大変貴重な経験だった。

なんだか青春って感じがしたよね。

「家はこの辺りにある。そろそろ見えて――む？」

「うわ……」

突如として、この前と同じように大粒の雨が体に当たり始めた。

気づけば空は雲に覆われ、辺りも急に暗くなる。

こんな時に限って、例によって夕立だ。

「これはまずいな……少し走れるか、夏彦」

「へ⁉　あ、はい！　なんとか！」

「よし、じゃあ走ろう。こっちだ」

雨が降る中、唯先輩は走り出す。

そうしているうちに、いよいよ夕立は本降りになってしまった。

被害を最小限に抑えるためにも、今は俺も唯先輩を追いかけるしかない。

ちなみに俺はこういうことを見越して折り畳み傘を持っていたのだが、あまりにも有無を言わさぬ態度で先輩が駆けて行ってしまったため、取り出すことすらできなかった。

自分だけ悠々と傘を差して追いかけるのもなんだかなぁと思い、結局俺はそのまま先輩の背中を追いかける。

まあ、もう若干手遅れだしね……。

「夏彦！」

先輩の声がして顔を上げると、そこにはずいぶんと大きな家が建っていた。

お屋敷とまではいかないけど、二世帯くらいなら余裕で住めそうなサイズ。

もしかすると、八重樫家はそれなりにお金持ちなのかもしれない。

「ほら、早く！」

「は、はい！」

俺は先輩に招かれるまま、家の中に入った。

あれ、流れで中に入ってしまったけど、このシチュエーションはまずくないか？

いや……さすがに親御さんがいるだろう。

女の子と一つ屋根の下で二人きりなんて、そんな創作の世界のようなことがまさか起きるなんて――――。

「ずいぶん濡れてしまったな……他人の家で変に緊張してしまうかもしれないが、今は両親が海外出張中だ。今日も私しかいないから、ぜひ遠慮なく過ごしてほしい」

おっと、そのまさかのシチュエーションでした。

これはよくない。

さすがの俺と言えど、付き合ってもいない女性の家に転がり込むのは抵抗がある。興奮しないと言ったら嘘になるけど――――。

「あ……ご両親がいないなら、俺はもう帰りますよ。雨で家を汚してしまうのも申し訳ないですし、元々送るだけのつもりだったんですから」

俺は玄関先で踵を返し、外に出て行こうとする。

先ほども言った通り折り畳み傘を持っているし、これ以上は濡れずに帰ることができるはずだ。

しかし、いざ家から出ようとした俺の腕を、後ろから唯先輩が摑んだ。

「駄目だ。行かせない」

「ど、どうしてですか」

「私が傘を貸すこともできるが、その体で外を歩けば風邪を引くかもしれないぞ」

「大丈夫ですよ、少しくらい」

「油断するな。濡れた体を放置していいわけがないだろう」

「ぐっ……」

めちゃくちゃ正論。言い返す余地もない。

俺であっても、この手を無理やり振り払って帰宅することは簡単だ。

ただ、考えてみてほしい。

この俺にそんなことができると思いますか？

「せめて風呂に入っていけ。ついでに服も乾かそう。いいな？」

「……分かりました。じゃあ、お言葉に甘えさせてもらいます」

「ああ、それでいい。早速お湯を張るから、まずはお前から――」

「ただし、体を温めるのは唯先輩からでお願いします」

「いや、しかし……」

「唯先輩の体が冷えている間にぬくぬくと風呂で温まるなんて、それこそ俺の一生の恥になりますから」

家に上がらせてもらうことはまだ大丈夫。

しかし風呂の順番だけは譲れない。

これで唯先輩に風邪を引かせてしまったなんてことになったら、俺はどうしたって紫藤先輩に顔向けできないからね。

「……分かった、そこはお前の言葉に甘えよう」

唯先輩は一瞬困った顔になったものの、一応は納得してくれたようだ。

「リビングの方で少し待っていてくれ。せめてタオルを用意する」

「ありがとうございます」

靴を脱いで家に上がった俺は、唯先輩によってリビングへと通された。

リビングはずいぶんと広く、くつろぐには持ってこいの環境であることが窺える。

しかしながら――――。

（……散らかってるなぁ）

中々捨てられずに溜めてしまいがちな空のペットボトルもそこら中に落ちており、言葉を選ばずに言うのであれば、いわゆる〝汚部屋〟というやつにしか見えない。

唯先輩のポンコツっぷりを知らない時の俺なら、これを見てイメージの相違を起こしていただろう。

今となっては、もはやイメージ通りでしかない。

「すまないな……どうにも片付けが苦手で」

「いえ、気にしないでください。……それより」

俺はざっと部屋を見渡した後、近くに落ちていたペットボトルを拾い上げる。

「この部屋、ちょっと片付けてもいいですか？」

「なんだと？」

「先輩を待っている間は手持ち無沙汰になっちゃいますし、動いていれば少しは体も冷えないと思いますし……先輩さえよければ片付けさせてほしいんですけど」

「むしろいいのか？　私が言うのもなんだが、かなり散らかっているぞ」

「大丈夫です！　こう見えて結構慣れてるんで」

「慣れてる……？」

「先輩はひとまず温まってきてください。お風呂から上がった頃にはそれなりに綺麗な部屋にしてみせるんで」

「……ふふっ、そこまで胸を張って言われてしまえば、ついつい期待してしまうじゃないか。分かった、それもお前に任せよう」

「はい、お任せあれ」

唯先輩を見送り、俺はリビングの掃除に取り掛かることにした。

場所を聞いてゴミ袋を手に入れ、目についたゴミをどんどんその中に入れていく。

ペットボトルなどはすべて別の袋に集め、一旦放置。

後で中身をすべて洗って、外のゴミ捨て場に出せるようにするつもりだ。

散らばったプリント類はまとめてテーブルの上へ。

俺ではどれが必要なプリントか判断できないし、これも後で唯先輩に分別してもらおう。

「～♪」

掃除は意外と嫌いじゃない。

汚い物が綺麗になっていく気持ちよさというか、そういう達成感を得られるから好きだ。

テキパキと作業すること数分。

服はまったく乾いていないが、動き回ったせいで体の冷えはどこかへと消えていた。

「おお……！　すごいな、これは」

いつの間にか戻ってきていた唯先輩が、部屋の様子を見て感嘆の声を漏らす。

まだ完璧とは言い難いけれど、最初と比べて明らかに綺麗にはなっていた。

我ながら自分の手際の良さが誇らしい。

「まさかこの短時間でここまで綺麗にしてくれるとは……本当に感謝するぞ、夏彦」

「お褒めに与り光栄です」

俺はドヤ顔になって、恭しく頭を下げる。

あまりの嬉しさに思わずカッコつけてしまった。

この歳になっても、やっぱり褒められるのって嬉しいね。

「あ、ペットボトルたちも洗っちゃいますね。このままじゃ回収してもらえないと思うんで」

「待て、その前に一度風呂に入るんだ」

俺は投げ渡されたふわふわのタオルを受け取る。

匂いからして、どうやら新品を開けてくれたようだ。

「私が入った後なら入る。それが約束だろう？」

「……そうですね」

約束をたがえるわけにはいかないよな。

俺は一旦ペットボトルを諦め、唯先輩に案内される形で浴室へと向かう。

ここで唐突だが、俺は自分の思いの丈を心の中だけで叫ぼうと思う。

唯先輩——めっちゃいい匂いする。

きっとシャンプーの匂いだ。

フローラルで、落ち着く匂い。

あと言いたいのは、部屋着姿がめちゃくちゃ可愛いということ。

ラフなTシャツに、太ももがよく見える緩めのショートパンツ。

髪の毛がまだ湿っているせいでほんのり色っぽさもあり、胸がドキドキする。

この姿は、かなりレアなんじゃなかろうか。

少なくとも、学校の男たちがこれを見ることができるとは思えない。

あまりにも眼福が過ぎる。

俺は脳内写真ホルダが焼ききれてしまいそうになるほど、今の唯先輩の姿を焼きつけることにした。

「うちはドラム式洗濯機だから、このままお前の服も洗って乾燥までやってしまおう。あ、いや、ワイシャツだとシワになってしまうか……？」

「あ、そうですね。というかその前に、これを洗ってしまうと洗濯が終わるまですっぽんぽんになってしまうんですけど……」

「それについては問題ない。父の服があるからな」

「お借りしちゃっていいんですか？」

「私の父は寛容だ。現在進行形で着ていない服を人に貸したところでとやかく言わん」

「……じゃあ、お言葉に甘えます」

「ああ、それでいい」

ここまで来たら、もはや抵抗する意味もない。

俺は大人しく唯先輩の厚意を受け取ることにした。

「では服はそのまま洗濯機の中に入れてくれ。ワイシャツは……浴室乾燥を試してみようか。着替えは後ほどここに置いておく」

「ありがとうございます」

「ゆっくり浸かってくれ。体を芯まで温めるんだぞ」

何度も念を押した上で、唯先輩は脱衣所から退室していった。

一人になった俺は服を脱ぎつつ、思わず脱衣所の中に視線を巡らせてしまう。

別に先輩の脱いだ衣服が置いてないかとか、そんなの気にしてないんだから！

というか多分、全部洗濯機の中だろう。

この場に適当に置いてあったら視界に入ってしまってても不可抗力で片付くと思うが、さすがに洗濯機の中まで漁るのは俺の紳士道に反する。

「おっと……」

こうしている間にも体が冷えてしまう。

今俺は何も着ていない、つまるところ全裸だからね。

いそいそと浴室に入り、シャワーを浴びる。

簡単に体と頭を洗い、清潔になったところで浴槽に足を突っ込んだ。

そして、気づいてしまう。

待て、ここに溜まっているお湯は、さっきまで唯先輩が浸かっていたものなのではないか？

だとしたらとんでもないお宝だ。

これを水筒に入れて売ればきっと億万長者になれる。

八重樫唯のファンなら誰もが喉から手が出るほどに欲しがる代物だ。

このまま浸かってしまっていいものか――。

「ま、いいや。入っちゃえ」

そんな迷いが巡ったのもほんの一瞬。

俺は容赦なく体を沈めることにした。

ふぅ、美少女が浸かったお湯を俺みたいな男で上書きするの気持ちいい。

これでこのお湯は一銭の価値もなくなったわけだ。

宝石に自分の似顔絵を彫ってしまうような、すべてを台無しにしてしまう背徳感。

ごめんなさい、ちょっとテンションがおかしくなっているんです。

「はぁ……」

唯先輩が浸かった浸かってないは抜きにして、湯船はとても気持ちがいい。

夏場はあまりお湯に浸かるまではしないんだけど、たまにこうして全身で味わうといいものだって認識できる。

冷えていた体の芯がゆっくりと温まり、俺の体はまるで溶けていくかのような快感に包まれていた。

体がリラックスしてきたことで、俺の頭はどんどん冷静になっていく。

らしくないけど、唯先輩の家に来たことで俺は酷く緊張していたらしい。

変な思考ばかりしていたのも、きっとその影響だろう。

こら、そこ。いつも通りとか言わない。

冷静になった今、俺は自分のやるべきことを改めて考える。

少なくとも洗濯と乾燥が終わるまでは、帰ることができない。

ならばその間に、少しでも唯先輩をリラックスさせられるよう心がけよう。

せっかく紫藤先輩が唯先輩を任せてくれたのだ。期待に応えなきゃ男じゃないよね。

「お風呂いただきました」

「おお、温まれたか？」

「はい。おかげさまで」

「それならよかった」

風呂から上がって用意してもらった服に着替えた俺は、リビングへと戻ってきた。

ソファーに座る先輩の手元には、分厚い問題集。

俺が風呂に入っている間も、熱心に勉強していたらしい。

「ん？　どうした？」

「あ、いえ。こういう隙間時間で勉強しているんだなって思いまして……」

「ああ、これか。……なんと言えばいいんだろうな」

唯先輩は問題集を閉じ、その表紙を指で撫でる。

まるで何かを懐かしむような素振りに、俺は紫藤先輩の話を思い出していた。

「……今はかろうじていい成績をもらっているが、私は昔から何をするにも劣っていたんだ。人よりも数倍の努力をしてようやく、同じ土俵に立てると思っている。だからこんな風に勉学に取り組んでいないと、あっという間に何もできない自分に戻ってしまう気がしてな」

「紫藤先輩から、昔の話を少しだけ聞きました」

「おお、そうだったのか。珍しいな、奴が昔話をするなんて」

そう言いながら、唯先輩は嬉しそうに笑った。

「私が生徒会長であり続けるには、皆に至らぬ自分を知られてはいけない。だから友人として人と関わることが中々難しい日々が続いてな……私はともかく、アリスはほとんど他人に心を開かなくなってしまった」

「……」

「私の記憶している限りでは、ひよりにも椿姫にもそこまで古い話をしているところは見たことがない。ずいぶんと気に入られたようだな、夏彦」

「……それは、嬉しいですね」

えへへ、顔がニヤけちゃうよ。

しかしあまりにもデレデレしていたら空気を壊してしまいそうなので、わずかに照れた表情に留めておく。

「正面切って言うのも照れ臭い話だが、お前には確かに人を安心させるような何かがあると思う。お前ならどんな危機にも対応してくれるような……そんな気がしている」

「そ、それはちょっと買い被り過ぎだと思いますけど……」

俺にできることなんて、たかが知れている。

唯先輩や紫藤先輩のように勉強なんてできないし、ひよりや双葉さんほど強くもない。

強いてできることを言うならば、紅茶を淹れることくらいか。

うーん、それだけではどうにも皆と釣り合わない気がしてしまう。

「あ……」

そんな風に俺が少しナイーブな気持ちになっていると、突然唯先輩の腹の虫が鳴いた。

時刻としてはもうすぐ十八時を越えようかというところ。

夕飯時であることは間違いない。

「す、すまない……いつもこのくらいの時間に夕食を取っているものでな」

「そんなの気にしないでくださいよ。……唯先輩、冷蔵庫に食材って残ってますか？」

「え？　あ、ああ、少し前にアリスが食事を作りに来てくれたことがあってな。その時の残りがあると思うが……」

「じゃあそれちょっともらってもいいですか？　チャチャっと何か作りますよ」

「それは構わないが……作る？　お前が？」

「はい。まあ好みに合うかどうかは分からないですけど……」

俺はキッチンに向かい、冷蔵庫を開けさせてもらう。

高そうな冷蔵庫の中にはほとんど物が入っておらず、調味料と、あと比較的日持ちする野菜が置いてあった。

「これだけじゃちょっとな……お？」

冷凍庫の方も開けてみて、俺は歓喜の声を漏らす。

そこにあったのは、冷凍された肉だ。

これも紫藤先輩が置いていってくれたものだろうか？

一応近いうちに何かに使う予定だったのかもしれないし、後で連絡を入れておこう。

少なくとも、この後唯先輩がインスタント系で食事を済ませてしまうよりはマシだと思ってくれると思うし。

「肉と玉ねぎ……ジャガイモも大丈夫。となると、もうアレかな」

俺が頭に浮かべている料理は、カレー。

ニンジンがないのがちょっと悔やまれるけど、まあこれだけでも十分美味しく作れる。

冷蔵庫の片隅にあったカレールーの賞味期限だけが心配だったけれど、確認したらこれも問題なし。

　お米もストックがあるみたいだし、これなら問題なく作れるだろう。

「カレーなら作れそうですけど、嫌いだったりしませんか？」

「ははっ、じゃあ少し待っててください」

　なんて元気な返事だろう。

　思わず笑ってしまいながら、俺はキッチンに必要な食材を並べる。

　お米が炊き上がるまでおおよそ五十分。

　その間にカレーをできる限り煮込み、少しでも美味しい状態へと持っていかないと――。

（あ……そういえば）

　俺はもう一度キッチンを漁らせてもらい、ある物を見つけることに成功する。

　これはいわゆる隠し味に使う物で、カレーのコクを深めてくれる優れモノだ。

　その名もインスタントコーヒー。

　カレーはよく二日目の方がコクが出て美味しいと言われがちだけど、これがあれば初日から
その状態に限りなく近づけることができる。

　効果のほどは前に自分で作った時に実証済み。

　概ねカレーの方が完成したというタイミングで、俺はインスタントコーヒーを鍋の中に少し

混ぜた。

「――――よし」

味見をしてみれば、かなり理想に近いカレーになっていることが分かった。

これなら唯先輩にも食べてもらえるだろう。

ひとまずお米が炊き上がるまでコトコトと煮込み、皿の用意をしておくことにした。

そうしてやがて炊飯器から炊き上がりの音が響き、俺は鍋の火を止める。

「完成か⁉」

「はい、お待たせしました」

唯先輩が、匂いや音に釣られて様子を見にきた。

そのはしゃぎように、俺もなんだか嬉しくなってしまう。

「お皿はこの辺にある物を使っていいですか？」

「ああ、好きに使ってくれ」

俺は底がわずかに深い皿を二枚用意し、ご飯とカレーをよそう。

うんうん、いい出来だ。惚れ惚れしちゃうね。

「はい、どうぞ」

「おお……！　いただきます」

俺が片付けたダイニングテーブルにカレーを置くと、唯先輩はさっそく口をつけてくれた。

そしてすぐにパッと目を見開き、俺の方へと視線を送る。

「美味い！　美味いぞ夏彦！」

「そ、そんなにですか？」

「ああ！　見た目の特別さはないが、なんとも味わい深い感じだな……！」

少し多めによそったはずのカレーが、どんどん唯先輩の腹に吸い込まれていく。

嬉しい食べっぷりだ。見ていてこっちまで食欲が湧いてくるね。


「「ごちそうさまでした」」

俺らは手を合わせて、食後の挨拶を済ます。

「お皿下げちゃいますね」

「ああ、ありがとう」

ふふふ、なんだか専業主夫になった気分。

結局あれからほとんど時間も経たないうちに、唯先輩はおかわり分までのカレーを食べ切ってしまった。

カレーは少し多めに作ってあるため、明日分くらいは凌げるだろう。

ということを唯先輩に伝えたら、分かりやすく喜んでくれた。

ずいぶん俺のカレーを気に入ってくれたらしい。嬉しいね。

「そういえば、だいぶ料理の手際がよかったな。家でもよく作るのか？」

「ええ、まあ。俺の家も唯先輩の家ほどじゃないですけど、あんまり親が帰ってこないので」

俺の母さんは、海外で活躍中のデザイナーだ。

唯先輩の両親が海外出張しているように、俺の母さんもよく海外を飛び回っている。

専業主夫である父さんは、そんな母さんの付き人として同じく日本にいないことが多い。

「とはいえあの人たちが家を空けるようになったのは俺が高校生になってからですけどね。中学の時はまだ父さんの方が家にいてくれました」

俺がある程度一人でもやっていけると判断してくれたのだろう。

それから約一年半くらい。

俺は半一人暮らしのような状態で、家のことをすべて担当している。

「父さんが料理上手っていうか……バリバリ働く母さんの胃袋を掴んだことで結婚までこぎ着けたみたいで。なのでうちの母さんは、父さんの料理が食べられないと不機嫌になったりもするんですよ」

「ふふっ、可愛らしいご夫婦じゃないか」

「いい歳して子供みたいに機嫌を損ねられるのは結構困っちゃいますけどね……」

しかしながら、父さんの料理は一般的な作り方とは違う特別な工程などを踏んでいるわけではない。

ただ、小さな一工夫があったりと、食べる側が少し嬉しくなるような仕掛けがあったりする。

たとえばさっきカレーに入れたコーヒーなどの隠し味。

必ず料理にはそういった物を入れる父さんは、俺にだけそのレシピを渡してくれた。

「紅茶の淹れ方も父親から教わったのか？」

「そうですね……母さんが紅茶好きなんです。だから父さんも紅茶の淹れ方にはこだわりがあって……別に調べたら出てくるような工夫ではあるんですけど、やるとやらないとじゃ全然違うんですよね」

俺はそこで思い立ち、洗い物をしながら再びキッチンを見渡した。

そして紅茶のティーバッグを見つけた俺は、休んでいる唯先輩に声をかける。

「せっかく紅茶の話になりましたし、ここにあるやつ飲みますか？　すぐに淹れられますよ」

「む？　ああ、そういえば生徒会室にあるのと同じ物を買っていたな……頼めるか？」

「もちろん。少し待っていてください」

俺は洗い物を終わらせ、紅茶の準備をする。

たまにティーバッグで淹れた紅茶に対して安っぽい印象を抱く人がいるけれど、ちゃんと美味しく淹れられる方法をそのまま実行すれば、これほど失敗しないアイテムは他にない。

茶葉から淹れて美味しくできるのは、それこそプロだったり、こだわりを持って淹れることのできる人ばかり。

ただ一杯を楽しみたいというだけならば、正しい手順で淹れたティーバッグ紅茶がもっとも適していると俺は思う。

まずはお湯の準備。この家の水道には浄水機能がついているため、これを使わせてもらう。

コンロにかけてお湯が沸いたら、すぐにティーポットに移す。

それからティーバッグを入れて、しばし放置。

この時にいくつかポイントがある。

まずティーポットやカップをあらかじめ温めておくこと、そしてティーバッグ自体を摘まんで軽く広げておくこと。

紅茶は温度が命。基本的に抽出中は、お湯の温度が八十度以下になってしまわないようにする。

そのためにポットの下にタオルを敷いたり、あらかじめ容器を温めておく必要があるわけだ。

ポットに蓋をしてしばらく待ち、おおよそ二分以内の好みのタイミングでティーバッグを引き上げる。

ちなみによくお湯の中でティーバッグを揺すってしまう人がいるけれど、これはあまりよくないらしい。

お湯に入れたら触らない。これだけで雑味がずいぶんと抑えられるとのこと。

まあ、俺も全部受け売りだから理屈とかそういうのは後回しなんだけどね。

「はい、どうぞ」

「ありがとう……うん、いい香りだな」

二人して紅茶を口に運んでいると、ゆったりとした時間が流れ始める。

なんだか最近ずっとバタバタしていた気がするし、こうして落ち着いた時間を過ごせるというのも、案外貴重なものなのかもしれない。

「……久しいな、こうして何も考えず過ごす時間は」

どうやら唯先輩も同じようなことを考えていたようだ。

ゆらゆらと湯気が立つ紅茶の入ったカップを眺めながら、先輩は小さく息を吐く。

「正直に言うと……あのような写真が出回ったことで、残酷な人の本性が少なからず怖くなってしまってな……この広い家に一人でいることには慣れているのだが、今日ばかりは辛いと感じてしまっていた」

「唯先輩……」

「お前を招き入れたのも、一人でいたくなかったからかもしれん。すまないな、こんな情けない話に巻き込んでしまって」

そんな風に謝りながら、唯先輩は苦笑いを浮かべた。

俺は先輩から向けられた謝罪を、首を横に振って撥ね除ける。

「いわれのない噂で傷つくのは当たり前です。俺なんかでよければいくらでも利用してください。唯先輩の剣でも盾でも、なんにだってなりますよ」

「ふっ、ふふふ……剣と盾か、それは格好いいな。ぜひこれからも頼らせてもらうことにしよう」

唯先輩が笑ってくれたのを見て、俺は内心ホッとする。

俺は紫藤先輩から頼まれたことをちゃんとこなせているだろうか？

こうして話している間にも、正直ずっと不安が付きまとっていた。

「……お前は優しいな。本当の私を知った上でこんな風に接してくれるなんて」

「俺は自分の気持ちに正直に生きているだけですよ。女性には紳士的に、そしてとにかく優しく接するっていうのが俺のモットーですから」

「ふっ……素晴らしい心掛けじゃないか」

「お褒めに与り光栄です」

唯先輩に褒められると、自然と笑顔になってしまう。

これが、彼女の持つカリスマ性の力なのかもしれない。

「しかし、そんな風に意識し続けたら、夏彦自身が疲れてしまうんじゃないか？」

「うーん……なんかもう慣れてしまったというか、別に疲れることもあまりないですね」

「そうなのか？」

「それこそ意識し始めた頃は気疲れすることもありましたけど……」

俺はふと思い立ち、そうなった経緯を話してみることにした。

理由は本当になんとなく。

これまで人に話すような機会もなかったけれど、唯先輩には聞いてほしいと思ったのだ。

「こうなったきっかけは、ひよりなんです」

「ひよりか。確かお前たちは幼馴染だったな」

「はい……小学生の頃、俺とひよりがずっと一緒にいることを同級生たちからからかわれたことがありまして」

よくあるからかいと言えばそれまで。

しかし当時の俺たちにはそれがすべてで、悩みの種だった。

「ある時、周囲のからかいがちょっと激しくなった時に、ひよりが、その……泣いてしまったことがあって……その時に馬鹿な俺は足りない頭で考えたんですよね」

どうすれば、せめてひよりが傷つかずに済むのか。

散々考えた末に俺が出した結論、それこそが今の俺に繋がる一番の要因。

「出した結論は、俺が〝女好き〟になることでした」

「お、女好き……？　すまない、関連性が見えてこないのだが」

「ほら、俺が女好きだからひよりと一緒にいるってことにすれば、彼女の方は俺に絡まれて渋々一緒にいるってことにできるじゃないですか」

そういうアピールを始めてから、効果が出るまでにそう時間はかからなかった。

皆の目にはひよりのことが好きで毎日ちょっかいを出している俺という構図に映るようになり、馬鹿にされる対象が俺だけになった。

むしろひよりはわざわざ対応してあげてえらいという評価になり、からかわれなくなった

――という流れができたのである。

「なるほど……ひよりを守るために、女好きを演じていたということか」

「ちょっとかっこつけましたが、概ねそういうことです」

あの選択が正解だったのか、今の俺にも分からない。

ただ結果的にひよりと離れずに済んだし、今もなんだかんだ仲良くしてくれているという事実がある以上、決して間違いではなかったということだけは分かる。

「まあ、ずっと女好きを演じていたら、本当に女好きになってしまったことは完全に誤算でしたけどね……」

「ほう……しかし本当の女性好きになったとあらば、この私のことも好んでくれているということか？」

自分を指した唯先輩は、冗談めかした声色で俺に問いかけてきた。

「当たり前じゃないですか。美人で、勉強もスポーツもできて、それでいて親しみやすくて、

好きにならない要素がないですよ」

「むっ……」

唯先輩は分かりやすく顔を赤くすると、その頬を押さえて俺から視線を逸らした。

なんてカウンターに弱い人だろう……。

「さすがに正面からそんなことを言われると照れるな……お前の言葉は、何故か真っ直ぐ胸の奥まで入ってくる」

「胸の奥？」

「お前は信用できる男ということだよ。私は自分自身のことをあまり優れた人間と思うことができないのだが……お前の言葉は、そんな私でも捨てたものではないと思わせてくれるんだ」

つまり、俺の言葉で唯先輩は自己肯定感を上げることに成功しているということか。

それはなんというか、すごく嬉しいことだと思う。

あの八重樫唯に信じてもらえているという事実が、たまらなく嬉しい。

「……さて、そろそろ洗濯物が乾いた頃だろう」

ふと時計を見た唯先輩が、リビングを出て行く。

今から帰るのだと思うと、正直名残惜しい。

だけどまさか泊まっていくわけにもいかないしね。

ここは大人しく帰ろう。紳士として。

「た、大変だ！　夏彦！」

そんな風に自分に言い聞かせていると、焦った様子の唯先輩がリビングに戻ってきた。

話の展開が少し読めてしまったのだけど、一旦何も言わないでおく。

「どうしたんですか……？」

「す、すまない……乾燥機能を使うためのボタンを押し忘れていた……」

ここに来てポンコツ発揮といったところか。

今日はほとんどやらかしがなかったから、ちょっと忘れかけてたね。

「ちなみに今から乾燥機をつけたとして……終わるのはどれくらいになりますか？」

「おおよそ三時間くらいだろうか……」

「さ、三時間……」

俺は改めて時計を確認し、帰宅時間から逆算してみる。

終電がなくなるなんてことはなさそうだけど、だいぶ遅い時間に家に着くことにはなりそうだ。

「ま、まあ、帰れなくなるなんてことはないんで、大丈夫ですよ！　むしろ任せっきりにしてすみません」

「いや、私がやらなければならない仕事で私がミスをしたんだ……存分に責めてくれて構わない」

唯先輩はそう言うけれど、俺に責められるわけがないよね。

さて、いよいよどうしようか。

このタイミングで帰るつもりだったから、着地地点が分からずふわふわしてしまう。

「……夏彦、もうこの際泊まっていくか？」

「ぶっ――――」

これからのことを考えているタイミングでとんでもない爆弾が投下され、俺は思わず吹き出してしまう。

「い、いきなり何を言うんですか⁉」

「別におかしな提案ではないだろう？　もうここまで来たら泊まっていった方が明らかに効率がいい」

「効率とかそういう話では……」

「それに私は、先輩としてお前を遅い時間に帰らせるなんて真似はできない」

「う、うーん……」

そう言われてしまうと、反論が難しくなってしまう。

俺が先輩側の人間なら、駅まで送っていくことができるからまた話が変わってくる。

しかし今の状況で先輩が俺を送ってくれるという話になっても、結局その後に駅からここまで先輩一人で帰ってくることになってしまう。

その頃には十一時を過ぎているだろうし、男としてそんな危険なことはさせられない。

――なんて話は、すべて建前だ。

俺はただ、理性と戦っているだけ。

唯先輩の家にお泊まりという状況に対する興奮と、そんな不健全なことはしちゃいけないと叫ぶ理性の対立。

俺は一人の男として、何を選ぶべきなのだろうか……。

「それとも……私と一緒にいるのは嫌か？」

「そんなわけないじゃないですかァ！」

決めた。

俺は男として、唯先輩を傷つけない道を選ぶ。

結局泊まることにした俺は、それから唯先輩に勉強を教えてもらったりなどしながら時間を潰した。

その結果、なんと夏休みにやらなければならないはずだった課題が大きく進んだ。

勝手ながら、唯先輩は教えることがそんなに得意じゃないと思っていたのだけれど、どうやらそうではなかったらしい。

「む……だいぶいい時間だな」

唯先輩がそう呟くと、時計の針は十一時を少し回ったところを指していた。

これまで集中していたから気づかなかったけれど、時間を自覚した瞬間ドッと眠気が押し寄せてくる。

「じゃあ、その……こっちから聞くのは少し申し訳ないんですけど、俺はどこで寝ればいいですか？」

「ふっふっふ……いや、むしろよくぞ聞いてくれた。お前の寝床はすでに考えてある」

――考えてある？

俺が先輩の言葉に疑問を覚えていると、彼女はリビングを離れてしまった。

待つこと数十秒。

唯先輩は両腕に布団を抱えて戻ってきた。

「すまないが、この辺りをもう少し片付けてこれを敷いてくれないだろうか。布団を二つ敷く、となると、かなりのスペースが必要になるからな」

「二つ敷くって、まさか……」

「うむ、そのまさかだ！　今日はここで並んで寝るぞ！」

うーん。

うー……ん？

「先輩、一体それはどういった意図で言っているんですか？」

「泊まりと言えば川の字で寝るのが基本だろう。寝る寸前までダラダラと話して、気づいたら寝落ちしている。それが醍醐味だろう？」

「そうですね！　正解だと思います！」

俺はもう諦めた。

なんとか理性で本能を抑え込んでいたけれど、もう向こうから誘ってきているのだから我慢する方が馬鹿らしい。

ここまで来たら全部受け止めてやろう。

先輩と協力して、二人分の布団を敷く。

布団と布団の距離は、拳一つ分といったところだろうか。

この距離なら十分先輩の匂いを嗅げるな。

おっと、失言失言。

こういうのは人に言うものじゃない。こっそり自分だけで楽しむものだ。

「歯ブラシは常に予備があるから、それを使ってくれ」

「それはめちゃくちゃ助かります……！」

お言葉に甘えて、俺は新品の歯ブラシをもらって歯を磨く。

いつもと違う歯磨き粉の味にわずかながら違和感を覚えるが、これもお泊まりの醍醐味である気がした。

「電気を消すが、大丈夫か？」

「はい、自分はもう大丈夫です」

「分かった」

俺が布団に入っていることを確認して、唯先輩は部屋の電気を消す。

カーテンのわずかな隙間から差し込む月明かりだけが光源となる中、俺の隣に敷かれた布団に先輩が潜り込む影が見えた。

再び頭の中が冷静になってきてしまったせいで、変な緊張が戻ってきている。

これはしばらく寝られそうにない。

「……夏彦、まだ起きているか？」

「どうかしました？」

隣から声をかけられ、俺はそちらに顔を向ける。

すると、俺の方に顔を向けている唯先輩と目が合った。

薄暗い部屋の中でもはっきりと整っていることが分かるその顔を見て、俺の心臓は一段と高く跳ね上がる。

「改めて、礼を言わせてくれ」

「礼……？」

「この広い家に一人でいるのは、中々に寂しいものだった。だけど今日お前が来てくれたおかげで、その気持ちがだいぶ和らいだよ」

「……お役に立てたようで何よりです」

唯先輩の気持ちは、痛いほど分かった。

俺も、広い家に一人でいる寂しさを理解することができる。

気楽だし、自由に過ごせるのはありがたいことでもあると同時に、たとえそれが口うるさい母親だったとしても、いるといないのでは大きな差があるのだ。

一人はやっぱり寂しい。

大人になってからならまだしも、子供の俺らには思ったよりも自由がない。

だからその寂しさを解消する術も、ほとんど持ち合わせていないのだ。

「今日はよく眠れそうだ。本当にありがとう」

おやすみ――――。

そう告げて、唯先輩は目を閉じて仰向けになる。

結局俺は、紫藤先輩の願いを叶えることができただろうか？

しかしまあ、こんな安らかな寝顔を見せてくれるのだから、きっと失敗ではないだろう。

「おやすみなさい、唯先輩」

俺はそう言葉を返して、同じように仰向けになった。

明日が終われば、いよいよ終業式。

楽しい夏休みを送れるかどうかは、このたった二日間にかかっていた。

朝六時。

俺の体は、その時間になると自然に目を覚ますようになっている。

毎日同じ時間に起きていれば、別に珍しくもない現象だ。

しかし一つ問題点があるとすれば、この起床時間は自分の家で目覚める時に合わされたもの。

つまり俺の家よりもかなり学校に近い唯先輩の家だと、相当早い起床時間となる。

ふと隣を見ると、唯先輩はまだ気持ちよさそうにすやすやと寝ていた。

「うー……ん……なにをいう……わたしは北海道と東京のハーフだぞぉ……」

どんな寝言だ、それは。

思わずツッコミを入れたくなってしまったが、無理に起こす必要はないだろう。

俺はそっと布団を抜け出し、洗面所へと向かった。

洗顔と歯磨きを終えて戻ってきた俺は、そのままキッチンに立つ。

昨日の夕食に使った食材は、まだ少し余っていた。

それらと卵を使って簡単な朝食を作っていると、唯先輩の布団の方からけたたましいアラームが鳴り響く。

「も、もう朝か……」

そんな声がして、布団の中からぬるりと唯先輩が這い出してくる。

長い黒髪も相まって、なんだかお化けみたいな這い方だ。

「む、夏彦……どうして朝からキッチンに立っているんだ？」

「おはようございます、唯先輩。今は朝食を作っているんですよ」

「ああ……そうか。それは助かるな」

ショボショボしている目をこすりながら、唯先輩はフラフラと俺の方に近づいてきた。

そして俺が作っている朝食を見て、途端に目を輝かせ始める。

「おお！　手作りの朝食だ！」

「簡単な物だけですけどね……」

「それでも温かい食事というだけで嬉しいものだ。感謝するぞ、夏彦」

この人は本当に人を調子に乗らせるのが上手いなぁ！

ニヤニヤ笑う俺の顔は、さぞ気持ち悪く映っていることだろう。

「とりあえず顔洗ったり歯磨きしたり、朝の準備をしてきてください。そしたら二人で食べましょう」

「分かったっ！」

嬉しそうな様子で、唯先輩は洗面所へと駆けていく。

うーん、これはやっぱり幼女って言った方がしっくりくる気がするね。

しばらくして戻ってきた唯先輩と朝飯を平らげ、登校の準備をする。

部屋を分けて着替えを終えた後、俺らは再びリビングに集結した。

唯先輩はいつも通りバッチリと夏用の制服を着こなしている。

とてもじゃないが、先ほどまで幼女みを帯びていた人間には見えない。

「では行こうか、夏彦」

「あの、一緒に行くんですか？」

「ここまできて別々で行くなどと寂しいことを言うつもりか？　同じ家にいるのだから、このまま二人で行けばいいだろう」

「……そうっすね」

昨日一緒に帰って、今日は一緒に登校。

下手すれば学校で噂になってしまうかもしれない。

——ま、いいか。

もしもの時を考えるより、美少女のお誘いを断る方がよほど問題だ。

家を出た俺らは、そのまま昨日歩いた道を引き返すような形で学校へと向かう。

その途中、十字路に差し掛かったところで、唯先輩は足を止めた。

「？　どうしたんですか、唯先輩」

「ああ、ここでいつもアリスと待ち合わせをしているんだ」

「なるほど、そういうことですか」

二人は小学生の頃から一緒だったと聞いているし、近くに住んでいるのは当たり前か。

俺としても色々と報告した方がいいかもしれないって思っていたし、せっかくなら一緒に待たせてもらおう。

しかし、その日。

紫藤先輩が現れることは、最後までなかった。

「紫藤センパイが風邪って……」

「ああ、朝アリスの親御さんから連絡が来た。ただの夏風邪らしいが、おそらく今日明日はもう学校には来られないだろう」

「……そうですか。それは仕方ないですね……今思えば顔色もよくなかった気がするし」

唯先輩と登校してきた日の放課後。

生徒会室に集まった俺らは、ひよりや双葉さんに対し紫藤先輩についての報告をしていた。

紫藤先輩の体調不良を知ったのは、あの十字路で待っていた時のこと。

普段から一緒に登校していることを知っていたであろう紫藤先輩の母親が、唯先輩に対してその連絡をくれた。

正直、驚くようなことではない。

あれだけ大変なスケジュールで生活していたのだから、体を壊すのは仕方ないと思う。

ともあれ、仕事という仕事はほとんど終わっているし、誰も彼女を責めるような真似はしない。

「……会長、質問よろしいでしょうか」

「明日の終業式で必要になる原稿は、副会長が担当していたと記憶しているのですが、それについては大丈夫なのですか？」

「どうした、椿姫」

　そういえばと、俺とひよりも唯先輩を見る。

「原稿自体は完成しているらしい。明日の朝、登校前にアリスの家に寄って受け取る予定だ」

「そうでしたか」

　昨日、紫藤先輩は生徒会室に残って原稿を書いていた。

　俺としては休んでほしかったけれど、結果紫藤先輩が無理をしたおかげで原稿が手元にないという状況が回避できたわけで。

　今後俺らは、ずっと彼女に頭が上がらない日々を送ることになるだろう。

「私たちがこうして生徒会役員として過ごせているのは、アリスが身を削ってまで私たちを支えてくれているからだ。そのことを忘れず、明日を迎えるとしよう」

　唯先輩の言葉を受けて、俺らは頷く。

　俺らにできることは、これ以上紫藤先輩の負担を増やさないようにするために、自分たちにできることを少しでも増やしていくことだけだ。

　そのためにもまず、明日の生徒会長挨拶は完璧にこなさなければならない。

　まあ、とはいえ俺にできることはもう何もないと思うけどね――――。

そして、終業式当日がやってきた。

「ほら、行くわよ夏彦」

「あ、うん、今行くよ」

ひよりに呼ばれ、俺は教室を出た。

朝のホームルームが終わり、俺らは終業式のために体育館へと移動する。

しかしその途中、ぞろぞろと生徒たちが体育館に入っていく中、突然俺のスマホが震えた。

（紫藤先輩から電話……？）

風邪で休んでいるはずの人からかかってきた電話に、俺は驚く。

「どうしたの？」

「いや……紫藤先輩から……」

「紫藤センパイが？」

紫藤先輩ほどの人が、この時間が終業式直前であることを理解していないはずがない。

本来であれば電話に出られるはずもない時間。

それでも電話をかけてきたということは、何やら緊急事態であるような予感がする。

「ひより、悪いんだけど甘原先生に腹痛で抜けるって伝えておいてもらえないかな？」

「……分かったわ」

「ありがとう」

ひとまず自分の所在を伝えてもらうようひよりに頼み、俺は体育館へ移動する列を抜け出す。

そしてそそくさと人気のないトイレに入り、電話に出た。

「もしもし、紫藤先輩？」

『あっ！ 出てくれた……！』

スマホの向こうから聞こえてくる、紫藤先輩のホッとしたような声。

少し喉が嗄れているようだが、思ったよりは元気そうな声だった。

「突然どうしたんですか……？ それよりも体調は……」

『体調なら心配しないで。そんなに酷くはないから。それよりも終業式前なのにごめんなさい……でもどうしてもあなたにお願いしたいことが――げほっげほっ』

「お、落ち着いてください！ 今周りに人はいないので、ゆっくり話してもらって大丈夫ですから」

『落ち着いている場合じゃないの……緊急事態だから』

「緊急事態？」

『今朝唯に渡した原稿なんだけど……それ、挨拶用の原稿じゃないの……！』

「ッ⁉」

ここに来てとんでもない事態が訪れた。

何事もなく終わると思っていた俺の楽観的な予想はことごとく崩れ去り、途端に冷や汗がにじみ出る。

もうすぐ終業式が始まる。

長い校長の挨拶を挟むとはいえ、唯先輩が舞台上に立つまでにもうあまり猶予はない。

スマホで原稿の写真を送ってもらえばいいと思うかもしれないが、壇上で原稿ではなくスマホを持っているという状況はＮＧ。

しきたりという面で先生に怒られてしまう。

うん、まさに特大のピンチと言える状況だ。

『私がお母さんに頼んで原稿を手渡してもらったんだけど、間違って書いていた小説の原稿用紙を渡してしまったみたいで……！』

「つまり今唯先輩が持っている原稿は、紫藤先輩の小説……」

『もうそのこと自体は唯に伝えてあるわ。花城君、これから私は学校へ向かうから、途中まで取りに来てもらえないかしら……』

「途中までって……」

この人の言っていることが、俺には一瞬理解できなかった。

体調不良という最悪の状態であっても、この人は唯先輩の心配をしている。

――――しかしながら。

今の紫藤先輩が無理に動いたら、体調をさらに悪化させてしまう可能性がある。

これまで散々苦労させておいて、ここでさらにそんな苦労を重ねることを俺が良しとできるわけがない。

『唯を生徒会長でいさせたいの……！　お願い……！』

「……」

そしてこの懇願を、無視することもできない。

ならば、俺がやらなければならないことはただ一つ。

「紫藤先輩、あなたは家にいてください」

『え？』

「体調の悪い先輩に無理させるわけにはいかない。俺が先輩の家まで行って、原稿を受け取ります」

『で、でもそれじゃ間に合わな――――』

「俺に任せてください、紫藤先輩」

『……分かったわ。あなたを信じる』

「はいっ！」

『私の家の住所を送るわ。……気を付けて』

通話が切れる。

そしてすぐに紫藤先輩から住所が送られてきたのを確認して、俺はトイレの個室を飛び出した。

「はい、ストップ」

「ぐぇ⁉」

下駄箱に向かおうとした俺の首根っこが、突然後ろから掴まれる。

思わず咳き込みながら振り返ると、そこには腕組みをしたひよりが立っていた。

「ひ、ひより⁉ 今俺急いで――――」

「今さっき八重樫センパイから事情が送られてきたわ。そんでもってさっきの電話……あんたのことだから、今から紫藤センパイの家に原稿を取りに行こうとしてたんでしょ。違う？」

「……違わない」

「馬鹿ね。じゃあ走ったって間に合うわけないいじゃない」

「うっ……」

確かに、この足で走ったところで間に合うかどうかは五割、いや、三割？ もしかしたらそれ以下かもしれない。

よし、じゃあ諦めよう――とはならないのが、俺の性格。

こういう時、足掻(あが)かずにはいられない。

彼女たちが傷つくくらいなら、俺が苦しんだ方が何百倍もマシだ。

「……夏彦(なつひこ)、あんたは駐輪場に向かいなさい」

「え？」

ひよりは俺の肩を摑(つか)んで、無理やり後ろに振り向かせる。

「行けば分かるわ。今はとりあえず向かって。ウチのこと、信じてくれるでしょ？」

「……うん」

そんなことを言われたら、もう黙るしかないじゃないか。

俺はひよりのことを一番に信じている。

たとえ何があっても、俺がひよりを裏切ったり、疑ったりすることはない。

「じゃあさっさと走る！　時間がないわ！」

「わっ……！」

俺は背中を突き飛ばされ、そのままの勢いで走り出す。

「ありがとう！　ひより！　行ってくる！」

「はいはい……頼んだわよ」

ひよりからの信頼を背中に受け、俺は校舎から飛び出す。

そして言われた通り駐輪場へと向かうと、そこには見覚えのある美少女の姿があった。

「おせぇぞ！　ダーリン！」

「ダーリンって言うな……！」

この人まで協力してくれるのか。俺はきっと前世で凄まじい善行を積んだんだろうね。

駐輪場のど真ん中を陣取っていた榛七さんは、俺の方に一台の自転車を差し出してくる。

「ひよりから頼まれたの⁉」

「ま、そういうこと。よく分かんねぇけど、紫藤先輩の家に行かなきゃならねぇんだろ？　これを使えば、多分間に合うぜ」

「ああ、ありがとう！　……あれ？　でも榛七さんって電車通学でしょ？　なんで自転車持ってるの？」

「自転車勢の中で、遅刻してきた奴に借りた。あたしが貸してくれって言ったら、理由も聞かずに快く許可してくれたぜ」

さすがは魔性の女。短時間でまた一人男を落としたらしい。

「ありがとう、榛七さん。めちゃくちゃ助かるよ」

俺はお礼を告げて、自転車に跨ろうとする。

しかしそんな俺を阻むように、どういうわけか榛七さんは立ち塞がった。

「……これを使わせる代わりに、一つ条件がある」

「は⁉　い、今それどころじゃ……」

「あたしのこと、これからはルミって呼べ」

「ど、どうして急に……」

「八重樫先輩も一ノ瀬のことも名前で呼んでるのに、あたしだけずっと苗字呼びなのが気に入らねぇんだよ！」

　子供のように地団駄を踏む榛七さん。

　むしろ俺からしたら、呼んでもいいんだと驚いているところなんだけど……。

「分かった。じゃあ、これからはルミって呼ぶよ」

「よし、それでいい。……ついでに、お前のことは夏彦って呼ばせろ」

「え？　うん、別に構わないけど……」

　むしろご褒美です。

「よ、よし！　じゃあこれ使っていいぞ！」

　榛七さん改め、ルミは顔を赤くし、ソワソワした様子で自転車の前から退く。

　だいぶチョロめな性分なのに、変に駆け引きを求めてくるんだよなぁ。

　まあそういうところが、可愛らしいとも言えるんだけど。

　そしてそういう部分を自分しか知らないのだと考えると、優越感すごいよね。

「ありがとう、ルミ！　このお礼はまたいつか必ず！」

「っ！　急に呼ぶな！」

「え⁉　君が呼べって……」

「うるせぇ！　さっさと紫藤先輩の家に行ってこい！」

理不尽に怒られている気がする。

ただ今は変なコントをしている場合ではない。

俺は最後に投げかけられたルミの激励の言葉に一つ頷きを返し、自転車を走らせる。

紫藤先輩の家までは、自転車を飛ばして十分くらい。

学校の最寄りからは、一駅分くらい離れた場所にある。

大して辛い距離ではないが、今だけは途方もないものに感じられた。

校長先生の話が長いとはいえ、往復二十分はギリギリの時間である。

それに学校へと戻れたところで、そこから唯先輩が舞台に上がるまでに受け渡しを成功させなければならない。

本当に、一か八かだ。

「夏彦、行った？」

「ああ、行ったよ」

駐輪場から戻ってきた榛七と合流したウチは、二人並んで体育館へと向かう。

今はちょうど校長が話している時間だろう。

おそらくウチらは怒られるけど、まあ仕方がない。

後で何かしらの要求を夏彦にして、鬱憤を晴らすとしよう。

「……あいつ、間に合うかな」

静かな廊下に、榛七の疑問がこぼれた。

「ま、あいつなら間に合わせるわよ。なんだかんだ言って、やる時はやる男だから」

「えらく信頼してるんだな、夏彦のこと」

「だいぶ付き合いも長いしね。あいつのことならなんとなく分かるわ」

「はっ、自慢かよ」

自慢？　もしかすると、無意識のうちにそうなっていたかもしれない。

だけどまあ、仕方ないじゃない。

あいつと一緒にいると、自慢したくなるくらい退屈しないんだから。

絶対本人の前では言わないけどね。

「昔からあいつは、女のこととなると張り切り過ぎちゃうのよね……」

小学校、中学校と、夏彦が必死に何かをしようとする時は、必ず女子が絡んでいた。

たとえその女子が仲のいい子じゃなくても、あいつは全力でその笑顔を守ろうとする。

呆れることもたくさんあるけど、そういう部分はどうしたって嫌いになれないのよね。

「ウチが目の前でみっともなく泣いた時から、あいつは自分を犠牲にしてでも女の子を助けるために行動するようになった。だから、その原因となった張本人として、あいつのことを手助けせざるを得ないのよ」

「……ふーん」

「何？　物言いたげな顔しちゃって」

「いや、お前さ……実は夏彦のこと好きなんじゃねぇの？」

何を分かり切ったことを。

そんなの見ていれば分かるだろうに。

「好きなわけないでしょ？　あんな奴」

「は、はぁ⁉」

そう、好きなわけがない。

気が合って。

気が利いて。

困ったことがあればすぐ飛んできて。

ウチのことを一番に信頼してくれて。

くだらないことに夢中になって。

どんな時でも大事にしてくれる、あんな奴(やつ)——。

「愛してるに決まってるじゃない。言わせないで、恥ずかしいから」

あいつが誰のために必死になっていようが、どうでもいい。

最後は絶対、ウチの下へ帰ってくると思うから。

「……んだよ、じゃあ、ライバルか」

「あら、長年絆(きずな)を育んだ幼馴染(おさななじみ)に、新参者の身で勝つつもり？」

「ほざけ！　あたしの美貌があれば男一人なんて余裕だ！」

「外見であいつを落とせるなら苦労なんてしないのよ、バーカ」

あいつの隣だけは、誰にも譲るつもりはないんだから。

「つ……ついた！」

俺は目の前にそびえ立つ高層マンションを見上げ、そう言葉をこぼした。

紫藤(しどう)先輩から送られてきた住所は、間違いなくここ。

相当大きいこのマンション、一体家賃はいくらなのだろう——なんてどうでもいいことを考えている場合ではない。

すぐに紫藤先輩の下へと行かねば、そう思って俺はエントランスに入ろうとする。

「っ！　花城君！」

その時、紫藤先輩の声がした。

エントランスへと駆ける俺の前に、彼女が座り込んでいる。

「先輩！　部屋にいないと駄目じゃないですか！」

「心配し過ぎ。これくらい平気よ。それに熱もだいぶ下がっているしね」

カーディガンを羽織った部屋着姿は外だとだいぶ暑いようで、紫藤先輩は少し汗ばんでいた。

寒気を感じているなんてことはなさそうで何よりだが、体調不良でこの気温の中にいるのは勧められない。

「花城君、これをお願い」

「……はい！」

先輩から、ファイルに入った原稿を受け取った。

時間は今のところ想定よりも少し遅れている。

帰りは行きよりも全力で飛ばさないと、到底間に合いそうにない。

「私のことよりも、あなたの方が心配だわ……すごい汗よ？」

「俺は大丈夫です。それより、一つお願いを聞いてもらっていいですか？」

「何？　言ってみて」

「……頑張れって、言ってください」

紫藤先輩の目が、ポカーンとしたように丸くなる。

しかしすぐに笑みを浮かべ、俺の手を握った。

「頑張って。あなただけが頼りよ」

「……任せてください！」

女性の応援、それは俺にとって何よりも力になる燃料。

自転車に跨り、ペダルに足をかける。

「じゃあ、行ってきます！」

「ええ、行ってらっしゃい……！　唯をお願いね！」

「はい！」

俺は思い切りペダルを踏み、来た道を引き返す。

行きはよいよい、帰りはなんとやら。

折り返してしばらく経った時、俺の足は激しい痛みを訴え始めた。

（ははっ……足が引きちぎれそうだ）

ひたすらペダルを漕ぐ。

速度はすでに限界。

常に平坦な道というわけではなく、上り坂も下り坂も乗り越えながら、前へと進む。

「はぁ……はぁ……」

汗が噴き出す。

七月ももう後半。気温はまさに夏真っ盛りだ。

熱されたアスファルトには陽炎が揺らめき、今日は暑いんだぞー！　とこれでもかと主張している。

セミの声、風で木々が揺れる音、車が通る音、道路工事の音。

自分のペダルを漕ぐ音、自分の衣擦れの音、自分の心臓の音――。

「ああもう！　全部うるさい！」

自分を鼓舞するべく、大きな声を出す。

もちろん周りに人気がない時を見計らって。

聞かれたら恥ずかしいもんね。紳士は外聞を気にするものなのさ。

……思ったよりも自分は冷静で、まだ声を出せるだけの元気がある。

まだまだ、走ることができる。

――こんなに頑張っても、間に合わないかもしれない。

疲労が溜まってきたことで、俺の甘えた部分が顔を出し始める。

頑張ったところで、間に合わなかったら意味がない。

そもそも俺が頑張る必要はあるのか？

まだ唯先輩がスピーチに失敗するとは限らない。

もしかしたらアドリブですべてなんとかしてくれるかもしれない。

というか、失敗したところで何が悪いというのだ。

人は失敗する生き物だし、元々大勢から慕われている唯先輩なら一度転んだところで大して何も思われないんじゃないのか。

素直に台本がないのでできませんって言えば、先生たちだって考慮してくれるかも――。

（馬鹿……俺が甘えたいだけだろ）

冷静に考えれば、きっと別の方法があったことにだって気づけたはず。

だけど、俺は紫藤先輩に頼まれた。

これが一番誰も傷つかずに済む手段なのであれば、俺はそれを実行する。

少なくとも、このままじゃ傷つく女の子がいるのだから。

文句はすべて頭の中に留め、俺はただ、ペダルを漕いだ。

漕いで、漕いで、漕いで、漕いで。

その果てにようやく、俺は視界に学校の校舎を捉える。

「もう……少しっ！」

ラストスパート。

乳酸が溜まり力が入りにくくなった足に無理やり負荷をかけ、ペースを上げる。

すべてを出し切る覚悟で漕ぎ進め、俺はなんとか校門を潜った。

自転車の持ち主には申し訳ないが、駐輪場まで止めに行く時間が惜しい。

俺は後で片付けることを顔も知らぬ男子生徒に誓い、校舎へと続く道の端に乗り捨てるような形で置き去る。

目指すは体育館。

上履きに履き替え、とにかく廊下を走る。

暑さで体力を奪われ、想像以上に移動時間がかかっていた。

どうか間に合ってくれ——そう願いながら、体育館へと飛び込む。

『次は、生徒会長、八重樫唯による挨拶です』

「あ……！」

唯先輩が舞台に上がろうとしている。

タイミング的には間に合ったようだが、ここから舞台まではまだまだ距離がある。

詰め込まれるように並んでいる生徒たちの壁を越えていく時間はもうない。

「花城先輩！」

万事休すかと思われたその時、突然真上から俺を呼ぶ声がした。

「双葉(ふたば)さん⁉」

「その原稿をこちらへ！　急いで！」

体育館のギャラリーから、双葉(ふたば)さんが手を伸ばしている。

俺はとっさにその手を目掛けて原稿を投げた。

ふんわりと浮かせるように投げたその原稿は、見事に双葉(ふたば)さんの手に収まる。

「ありがとうございました、花城(はなしろ)先輩。後はお任せを」

「分かった！　頼む！」

双葉(ふたば)さんがギャラリーを駆けていく。

あれならば、生徒の列を越えていく必要がない。

考え得る限りで最短の道だ。

今のやり取りのうちに舞台の中央に移動してしまった唯(ゆい)先輩は、相も変わらず凛(りん)とした態度を見せている。

――――これは気のせいかもしれないけれど。

俺の目と、唯(ゆい)先輩の目が合う。

そして彼女は、どこかホッとしたような顔を見せた……ような気がした。

「間に……合った……」

安心感から、俺はその場に座り込む。

ほぼほぼノンストップで走り続けた俺の体は、もう限界だった。

このまま眠ってしまいたい。

しかし終業式中ということで、そうも言っていられない。

「おい、花城？　大丈夫か？」

「あ……甘原先生……」

「だいぶ顔色悪いぞ？　そんなに腹が痛かったのか……」

「ああ、まあ……そんなところです」

「それなら無理して学校来てんじゃねぇよ。ほら、保健室まで連れて行ってやる」

「い、いや……ちょっと待ってください。もう少しここで……」

俺は壇上に視線を向ける。

そこにはちょうど双葉さんから原稿を受け取った唯先輩の姿があった。

もう少し、せめて唯先輩のスピーチが終わるまでは、ここに居させてほしい。

床にへたり込んだ姿はあまりにもみっともないということは分かっているけれど、もう少し、もう少しだけ。

『――夏も本格的となり、暑い日が続く今日この頃。我々生徒一同は、こうして無事に一学期を終えることができました』

そんな挨拶と共に、唯先輩のスピーチが始まる。

『まずはそのことに安堵するのと同時に、三年生である我が身としては、迫りくる受験期に向けて増々身が引き締まる想いを抱いております。そしてそれは、三年生全体が抱えているものであるでしょう』

受験期という言葉を聞いて、俺の心にわずかながらの寂しさが芽生えた。

せっかくお近づきになれたのに、唯先輩や紫藤先輩と一緒にいられる時間は、もう半年くらいしかない。

今となっては、それがたまらなく寂しく感じる。

『二年生や一年生からすればまだ少し先の話にはなりますが、早めの準備が損になることはありません。これから迎える夏休み、二学期に向けて英気を養うのはもちろんのこと、無駄な時間をどれだけ減らせるかという挑戦を行うことを、私は推奨します』

そこからさらに続いた唯先輩のスピーチは、終始真面目な内容だった。

もちろん、これでいい。

生徒の模範である生徒会長の話が、不真面目であっていいはずがない。

そんなことは大前提の話であり、皆もそれを分かっているため、多くの者がただのお約束として聞き流したり、適当に受け止めていたりする。

ありきたりな、いつもの光景。

しかし――――その雰囲気が、突如として一変する。

『……ここで一つ、私から……生徒会長、八重樫唯の本心として皆に伝えたいことがある』

それまでの丁寧な口調を解き、唯先輩は普段通りの声色で話し始めた。

一部でざわざわと声が生まれる。

やがてそれが収まったのを確認して、唯先輩は言葉を続けた。

『近頃、私に関するよからぬ噂が広まっていると聞く。これに関して、まずは全面的に否定から入らせてもらおうと思う』

唯先輩は原稿を閉じ、演説台に置いた。

その行為に俺は驚く。きっとひよりや双葉さんも驚いていることだろう。

それと同時に、強い不安に襲われていることだろう。

あの唯先輩が、原稿外の言葉を口にしようとしているのだ。

彼女の正体を知っている者からすれば、気が気でないのは当たり前。

しかし、どういうわけだろう。

俺の中にあるのは驚きだけで、何故か不安な気持ちはどこにもない。

今の唯先輩からは、もはや頼もしさすら感じる。

強い眼差しの中に秘められた覚悟が、不安を感じさせない大元である気がした。

『私はこの件において噂の元凶を作った者を責めるような真似はしない。その者から見て、私はきっと至らぬ部分があった……だからこそ、そのような行動に走らせてしまったのだろう』

——犯人の動機に関して言えば、そうとは限らないと俺は思う。

ただ、この場においては今のように括ってしまうことが正しいと思った。

唯先輩がこれを意図しているのかどうかは分からない。

一つ言えるのは、これで皆の方が唯先輩の話を聞く準備が整ったということ。

『私は、この場にいる者たち全員に願いたい。これまで私が道を間違えず生きてこられたのは、生徒諸君、そして同じ生徒会の仲間たちのおかげだ。そんな恩人たちを裏切るような行為は、決してしていないとここで誓う。だから私を——私たちを信じてほしい。これからも、私は皆の模範となる、良き生徒会長でいてみせる』

以上、最後にそう告げた唯先輩は、深々と頭を下げて舞台を後にする。

気づけば俺は、笑みを浮かべていた。

自分が慕っている人が、こんなにもカッコいい姿を見せてくれたんだ。

これに興奮せず何に興奮するというのだろう。

今日この場において、唯先輩は間違いなく全校生徒に自分の言葉を刻み込んだ。

信じる信じないという話以前に、この空気感の中で依然八重樫唯を疑うというのは、あまりにもリスクが高い。

何故ならそれは、自分が八重樫唯を陥れようと考えていた側——つまりは噂の元凶に関わっていると認識される可能性が高くなってしまうから。

こうして唯先輩は、裏アカの噂に終止符を打ったわけである。

先輩のことだから、きっと計算などしていないのだろう。

だとするならば、今の行動はすべて本能に基づいたものということ。

たとえ普段はポンコツであったとしても、彼女にはこうしたカリスマ性がある。

この人についていきたい——そう思わせてくれるほどの、カリスマ性が。

「なんだお前、これが聞きたかったのか？　自分の体調が悪いってのに律儀な奴だな」

呆れた様子でそう告げた甘原先生は、俺に向けて手を差し出してきた。

それを掴んで立ち上がろうとすると、ぐらッと俺の足元が揺れる。

当然本当に地面が揺れたわけではなく、疲労で俺の足が上手く動かなくなっているだけらしい。

せっかく唯先輩がカッコいいところを見せてくれたのに、俺はまだまだカッコ悪いね。

「おいおい、ふらふらじゃねぇか」

「す、すみません……」

「ほら、保健室まで行くぞ」

甘原先生に肩を貸してもらい、式の途中ではあるものの、俺はこのまま保健室へと向かうことになった。

体調が悪いというわけではないけど、こんなにも疲労困憊な状態で列に交ざることはできそうにない。

ずる休み……まあ、ずる休みか。

今日だけは少し、勘弁してもらうとしよう。

「先生……大事なものを守ることって、本当に大変なんですね」

「あ？　突然どうしたよ」

「いや、まあ……最近自覚したもので」

甘原（あまはら）先生にも、唯（ゆい）先輩の秘密は伝わっていない。

だから大事な部分については話せないけれど、なんとなく俺は自分が学んだことを人に共有したい気分だった。

「……そうだな。大人になるにつれ、大事なものをどう手放していくかっていう方が大事になってくる。金も時間も、人間関係も、生きていくってのは取捨選択だからな。死ぬまでにどれだけのものが手元に残っているか……人生なんてそんなもんだ」

「なんか……世知辛いっすね、大人って」

「黙れ。キラキラした青春とかいう綺麗（きれい）な水槽の中で泳ぐお前らと違って、大人は世間様っていう濁った水の中で必死に藻掻（もが）くしかねぇんだよ。いつかはお前らもあたしと同じになるんだからな。覚悟しておけよ」

「絶対教師がしていい脅しじゃないですよ、それ」

どこまでもブレないな、甘原先生は。
俺は先生に肩を貸してもらいながら、笑みをこぼすのであった。

エピローグ　この青春にはウラがある

放課後の生徒会室。

もう仕事がないはずの俺らは、紫藤先輩に今回の件を報告するためだけに集まっていた。

「――というわけで、会長挨拶の方は無事終わったぞ。アリス、お前の原稿のおかげだ」

『そう……無事に終わったのは何よりだわ。でも、上手くいったのはそこにいる皆のおかげよ』

「ああ、そうだな」

唯先輩が俺らを見渡して、笑みを浮かべた。

きっとこのスピーカー状態にしてあるスマホの向こうで、紫藤先輩も笑顔でいてくれていることだろう。

とはいえ、相手は病人。

こんな風に通話を繋いでいないで、早いところ休んでもらわないとね。

「そろそろ休んでください、紫藤先輩。こっちはもう大丈夫なんで」

『ふふっ、ありがとう、花城君。じゃあお言葉に甘えさせてもらうわ』

「はい、また元気な姿で会いましょう」

『……今度会った時に、あなたには個人的なお礼をさせてもらうわ。楽しみにしてて』

「個人的なお礼⁉」

俺がその概要について詳しく聞く前に、紫藤先輩は通話を切ってしまった。

紫藤先輩の個人的なお礼って一体なんだろう？

よからぬ妄想が頭の中を駆け抜けていく。

いや、いけない。いけないいけないぞ夏彦。

せっかく大団円で終わろうとしているのだ。最後まで頭の中ピンク色で終わったら、俺の頑張りはすべてその見返りを得るためにやったことみたいに見えてしまう。

俺は紳士。決してえっちな見返りを求めて動いたわけではなく、女性の助けになろうと純粋な気持ちで――。

「鼻の下伸びすぎ」

「おヴッ！」

鼻の下にひよりのチョップを喰らってしまった。

くそ、体は正直だったようだ。

「……皆、改めて礼を言わせてくれ」

唯先輩に注目が集まる。

えらく真剣な顔つきをした彼女は、俺らの前で軽く頭を下げた。

「お前たちがいなければ、とっくに私は会長の座から降りることになっていただろう。本当に感謝している」

「そんな……突然お礼なんて困りますよ」

その言葉を受けて、珍しくひよりは照れ臭そうに頬を掻いている。

双葉さんはいつも通りの無表情。

そして俺はホクホク顔だ。

見返りを求めてやっていることではないけれど、お礼を言われて嬉しく思わないわけもなく。なんとか大きな困難を乗り越えたんだなって実感が湧いてきて、強い達成感が俺らを包んでいるように思えた。

「明日からはもう夏休み。こうして生徒会室で集まることは、おそらくないだろう。皆存分に英気を養い、二学期に備えてほしい。二学期は体育祭や文化祭、生徒会役員が動かなければならない行事が盛りだくさんだ。今期よりも気合を入れていこう」

頷いた俺らを見て、唯先輩も満足げに頷き返してくる。

俺のような人間がこう言うのは大変おこがましい気がするけれど、なんとなく、唯先輩の雰囲気がまた一つ大きくなったような……そんな気がした。

そりゃそうか、唯先輩だって最初から大きな器を持っていたわけではないはず。

こうやってあらゆる危機を紫藤先輩と乗り越えてきたからこそ、今の貫禄を得たのだろう。

（いいなぁ……）

いつか俺も、こんな風に成長していけるだろうか。

これまで居場所らしき居場所を持たなかった俺も、この場所ならば――。

「夏彦、少しいいか？」

「え⁉　あ、はい！」

考え事をしていたところに突然名を呼ばれ、驚きのあまり肩が跳ねる。

顔を上げれば、三人の視線が俺に集まっていた。

「な、何か？　そんなに見つめられても何も出ませんよ……？」

「おかしなことを言うな。私たちはお前に感謝を伝えたいだけだ」

「感謝……？　それならさっき」

「いや、お前に対する特別な感謝だ」

話がまったく読めず、思わず挙動不審になってしまう。

「はぁ……あんた、こういう時ばかりは鈍いのね」

そんな俺の様子に呆れたとばかりにため息をついたのは、ひよりだった。

「あんたが死ぬ気で頑張ってくれたから、原稿が間に合ったのよ。ウチや椿姫だけじゃ、悔しいけど多分こんなに上手くいくことはなかったわ」

「それはさすがに言い過ぎなんじゃ……」

「言い過ぎじゃないわよ。原稿を取りに行く時点で、ウチらじゃ榛七の協力を得るのは難しかった。あんたがいたから、自転車っていう手段にたどり着いたのよ」

「……」

そう言われたら、そうなのだろうか？

分かることとしては、少なくとも自転車がなければ間に合うことはなかったということ。

ともすれば、確かに俺は役に立てたと言えるのかもしれない。

「これまでもずっと本心だったが、お前という存在がこの生徒会にいてくれて本当によかったと思っている。図々しい言い分で申し訳ないが……今後も生徒会の一員として、頼りにさせてもらうぞ」

「……いいんですか？　俺がここにいて」

「？　どういう意味だ？」

「ああ、いえ……」

思わず口から出した言葉を、俺は後悔した。

そんなことを言いたいんじゃない。

頼りにさせてほしいと言われたことが、改めてここにいていいと許可をもらえた気がして。

なんというか、ようやく生徒会の一員として胸を張れるようになった気がしたのだ。

これまでだって、正式な役員ではあったはずなのにね。

ともあれ、ここで俺が返すべき言葉はただ一つ。

「――はい、これからもよろしくお願いします」

人生とは取捨選択。しかしそれと同時に、積み重ねだと俺は思う。

まさかここまでの流れが、美少女のパンツから始まったと誰が信じるだろう。

だからこそ、積み重ねた経験を元にして、動じないことが大切なのだ。

どんな出来事にも、背景というものがある。

表だけ見ていても分からない、つまりは〝ウラ〟。

皆が羨む楽しげな青春のウラには、どこかの誰かの、並々ならぬ努力が隠れているかもしれない――。

とりあえず3巻までやるわよ！

ウラもオモテも無い、
何者でもない
自己を抱える少年。
彼がこの青春のウラで
得るものは――。

CHECK

第2巻

2023年秋発売!!

この青春にはウラがある！
KONO SEISHUN NIWA URA GA ARU!
[VOLUME] TWO
[NEXT]
PRESENTED by
KAZUHA KISHIMOTO and Bcoca

あとがき

初めましての方は初めまして、原作者の岸本和葉(きしもとかずは)です。

この度は「この青春にはウラがある！」の一巻を購入してくださり、誠にありがとうございます。

このあとがきでは、簡単にこの作品が生まれたきっかけについて少し話させていただこうかと思います。

まずこの作品は、「完璧超人な生徒会長がパンツを穿(は)いていなかったら、面白いんじゃないか？」というくだらない思いつきから始まりました。

誰もが羨む生徒会長、そんな彼女が下着を穿(は)いていなかったら、そこにはどんな理由やドラマがあるんだろう？

そこにはきっと重たい理由でも、本当にくだらない理由でも、なんでも対応できるほどのポテンシャルが秘められていると感じました。

結果としてはくだらない側に比重をかけることになったのですが、こうして様々な個性あるキャラたちを生み出せたので、まあ正解だったんだなぁと。

自分はこれまでありがたいことに何作か作品を出させていただいているのですが、ここまで個性的な連中を動かすというのは初めての経験でした。

小説を書くこと自体はさすがに慣れてきたのですが、夏彦（なつひこ）たちのおかげでいつも以上に新鮮な気持ちで執筆にあたれましたね。

今後とも、彼らとは長く付き合っていきたいものです。


最後になりますが、本作を仕上げるにあたり私の我儘（わがまま）をたくさん聞いてくださった担当様、素敵なイラストを仕上げてくださったBcoca先生、その他関係者の皆様、そしてこの本を買ってくださった読者の皆様に、最大限の感謝を。

またお会いできる機会があることを願っています。

本書に対するご意見、ご感想をお寄せください。

ファンレターあて先
〒 102-8177　東京都千代田区富士見 2-13-3
電撃文庫編集部
「岸本和葉先生」係
「Bcoca先生」係

読者アンケートにご協力ください!!

アンケートにご回答いただいた方の中から毎月抽選で10名様に
「図書カードネットギフト1000円分」をプレゼント!!

二次元コードまたはURLよりアクセスし、
本書専用のパスワードを入力してご回答ください。

https://kdq.jp/dbn/　パスワード　7pf3h

- 当選者の発表は賞品の発送をもって代えさせていただきます。
- アンケートプレゼントにご応募いただける期間は、対象商品の初版発行日より12ヶ月間です。
- アンケートプレゼントは、都合により予告なく中止または内容が変更されることがあります。
- サイトにアクセスする際や、登録・メール送信時にかかる通信費はお客様のご負担になります。
- 一部対応していない機種があります。
- 中学生以下の方は、保護者の方の了承を得てから回答してください。

本書は書き下ろしです。

電撃文庫

この青春(せいしゅん)にはウラがある！

岸本和葉(きしもとかずは)

◇◇◇

2023年６月10日　初版発行

発行者　山下直久
発行　株式会社KADOKAWA
〒102-8177　東京都千代田区富士見2-13-3
0570-002-301（ナビダイヤル）
装丁者　荻窪裕司（META＋MANIERA）
印刷　株式会社暁印刷
製本　株式会社暁印刷

●お問い合わせ
https://www.kadokawa.co.jp/（「お問い合わせ」へお進みください）
※内容によっては、お答えできない場合があります。
※サポートは日本国内のみとさせていただきます。
※Japanese text only

※定価はカバーに表示してあります。

ISBN978-4-04-914933-3　C0193　Printed in Japan

電撃文庫　https://dengekibunko.jp/

電撃文庫創刊に際して

文庫は、我が国にとどまらず、世界の書籍の流れのなかで〝小さな巨人〟としての地位を築いてきた。古今東西の名著を、廉価で手に入りやすい形で提供してきたからこそ、人は文庫を自分の師として、また青春の想い出として、語りついできたのである。

その源を、文化的にはドイツのレクラム文庫に求めるにせよ、規模の上でイギリスのペンギンブックスに求めるにせよ、いま文庫は知識人の層の多様化に従って、ますますその意義を大きくしていると言ってよい。

文庫出版の意味するものは、激動の現代のみならず将来にわたって、大きくなることはあっても、小さくなることはないだろう。

「電撃文庫」は、そのように多様化した対象に応え、歴史に耐えうる作品を収録するのはもちろん、新しい世紀を迎えるにあたって、既成の枠をこえる新鮮で強烈なアイ・オープナーたりたい。

その特異さ故に、この存在は、かつて文庫がはじめて出版世界に登場したときと、同じ戸惑いを読書人に与えるかもしれない。

しかし、〈Changing Times,Changing Publishing〉時代は変わって、出版も変わる。時を重ねるなかで、精神の糧として、心の一隅を占めるものとして、次なる文化の担い手の若者たちに確かな評価を得られると信じて、ここに「電撃文庫」を出版する。

1993年6月10日
角川歴彦